Christoph Bader

Der Schmückewirt

Aus dem Leben von Johann Friedrich Joel

Rennsteigroman

ISBN: 978-3754157893

Coverbild: Benjamin Grimm, *An den Teufelskreisen*

Covergestaltung: Luis Marcus

Selbstverlag C.B.M.
Christoph Bader,
Peter-Haseney-Straße 2, 98544 Zella-Mehlis
bader-zella-mehlis@web.de
www.cbm-heimatartikel.de
www.facebook.com/SelbstverlagCBM/
Instagram: christoph.bader.mehlis

C.B.M.

Selbstverlag aus Zella-Mehlis

honeste vivere

alterum non laedere

suum cuique tribuere

Der Schmückewirt

Prolog

Zella St. Blasii, 23. April 1843

Es war der letzte Abend in seiner alten Wirtschaft *Stadt Gotha* in Zella St. Blasii. Am Ende stand der Entschluss, diese aufzugeben. Einerseits war er traurig, weil ihm der Kontakt mit den Gästen seit jeher Spaß bereitet hatte, andererseits war er froh. Irgendwie war das Ganze einfach nicht von Glück beseelt. Trotz all den Stunden und Tagen, die er im Wirtsraum stand und Bier um Bier ausschenkte, hatte ihm doch irgendetwas gefehlt. Gewiss war Zella reizvoll und doch schien es ihm, als ob das einfach nicht seine Welt sei. Allzu oft kamen zwar Handelsreisende in den kleinen Ort mit der großen Waffenproduktion, doch war es in gewisser Weise immer das Gleiche. Auch die ansässige Bevölkerung war ihm selbst viel zu ähnlich. Es schien wie eine seltsame Mischung aus *zu fremd* und *zu vertraut*. Aus diesem Grund hatte er das Kapitel Zella St. Blasii hinter sich gelassen und wollte sich nun neuen Zielen widmen. Die Bewirtung von Gästen und die Gespräche in geselliger Runde entsprachen seiner Natur und doch fehlte ihm der geliebte Wald. Die Berge, die

Höhen, das ungewisse Wetter, zwischen Sonne, Regen, Nebel und Schnee. Er sehnte sich einfach nach dem Wald. Gelegen bei seinem Vorhaben kam ihm dabei, dass sein alter Bekannter, der Herzog, ihm eine kleine Wirtschaft auf den Höhen des Rennsteigs versprochen hatte.

Einige Male war er selbst bereits in dem kleinen Gasthaus an der Schmücke eingekehrt und dies stets mit Ehrfurcht und Bewunderung für die Lage und die Umgebung selbiger. An jenem Tage, als der Herzog ihn zu sich rief und sagte: „Mein alter Joel, ich erkenne doch, dass dich etwas bedrückt. Wie wäre es, wenn *du* der neue Wirt auf der Schmücke wirst?“, da war er hoch beglückt und fast kindlich erfreut. All die Jahre, die Joel mit dem Vater des jetzigen Herzogs und seiner Familie bekannt war, hatten sie zu Vertrauten, wenn nicht gar zu Freunden werden lassen. Natürlich wusste Joel Seine Herzogliche Hoheit zu würdigen und kannte seinen eigenen Stand genau. Dennoch gab es vielerlei Situationen, in welchen der Herzog froh war, um den Rat des alten Joel. Nach all den Jahren der Freundschaft wollte der Herzog sich offenkundig bei ihm revanchieren.

Die Schmücke war seit Jahr und Tag im Besitz der Herzöge von Sachsen-Gotha und sie hatten eine Vielzahl von Pächtern ihre Wirtschaft droben am Rennsteig bewirtschaften lassen. Nun schien es an

der Zeit zu sein, dass Joel diese ehrenvolle Aufgabe übernehmen sollte, war doch im ganzen Lande bekannt, dass die Umgebung der Schmücke zu den liebsten Ausflugszielen des Herzogs und seiner Familie gehörte. Warum sollte er also nicht seinem alten Gefährten Joel diese in Obhut geben, wüsste er doch zukünftig genau wer ihn droben am Rennsteig erwartet, wenn er mit seinem Tross zu einem Ausflug aufbricht.
Joel hatte das Angebot mit großer Freude angenommen, konnte sich natürlich dennoch den ein oder anderen spitzen Kommentar nicht verkneifen. Morgen sollte er nun also seine neue Aufgabe als Wirt auf der Schmücke antreten. Zu jener kam hinzu, dass er gleichzeitig als Kreiser die Ländereien des Herzogs im Umland der Schmücke zu bewirtschaften hatte, eine Aufgabe, welche ihm zusätzliche Freude bereiten würde. Völlig untypisch für ihn, ertappte er sich bei freudiger Erregung, einem Gefühl, welches er schon lange nicht mehr verspürt hatte, wo er doch sonst immer ein solch abgeklärter Haudegen war.
Seine Sachen hatte er bereits verstaut und die alte Wirtschaft zur Übergabe vorbereitet. Morgen sollte der neue Pächter kommen und es war seine letzte Nacht in Zella St. Blasii. Als er die letzten Gäste verabschiedet und den Gastraum beräumt hatte, kam er nicht umhin, in Erinnerungen zu

schwelgen. Sinnierend und zufrieden schmunzelnd schenkte er sich im fahlen Kerzenschein ein Glas von seinem besten Wein ein und stopfte sich gemütlich eine Pfeife, während er langsam in Gedanken versank und an die Orte der Vergangenheit zurückkehrte.

ERSTER TEIL

Im *Schützen*

Gotha, 16. Juni 1800

Dem kleinen Wirtshaus *Zum Schützen* in Gotha standen arbeitsreiche Tage bevor. Das jährliche Schützenfest stand ins Haus. Das hieß für den Wirt, Heinrich Gottfried Joel einen ganzen Haufen Arbeit aber auch glänzende Geschäfte. Für einen Wirt konnte es keine bessere Kundschaft geben als eine durstige Schützengesellschaft. Heinrich selbst war Leutnant beim *Gothischen Bürgerbataillon* und es für ihn folglich Ehrensache, die Bewirtung *seiner* Schützen zu übernehmen!
Für den kleinen Johann waren dies immer aufregende Tage. Der Vater hatte so viel zu tun, dass auch er mithelfen musste – oder *durfte,* wie er es betrachtete. Er war zwar erst kürzlich acht Jahre alt geworden, doch die Gespräche der Alten kannte er schon gut und da gab es immer etwas zu lernen! Am besten gefiel es ihm, wenn sich die Schützen gegenseitig die Taschen vollmachten und sich ihrer eigenen Schießleistungen rühmten. Wie in jedem Jahr wurden alle Tische der Gaststube fürstlich gedeckt und das beste Geschirr aufgetafelt. Es waren schließlich nicht nur die

einfachen Bürger zu erwarten, sondern auch der Bürgermeister, der Pfarrer und Teile des herzoglichen Hofstaats. So war der kleine Johann in diesen Tagen immer besonders fleißig und artig, wobei letzteres sonst eher nicht so seiner Art entsprach. Johann war ein kluges, aber doch dickköpfiges Kind und trieb die Eltern nicht selten mit seinen Abenteuern und Streichen zu Weißglut. Er war jedoch clever genug zu wissen, dass es, wenn er sich gut führte, gut sein konnte, dass sein Vater ihn am Abend länger in der Gaststube gewähren ließ. Für ihn war dies das Größte und je länger solche Abende dauerten, desto kleiner und unauffälliger wurde er – bloß nicht stören, sonst musst du ins Bett, dachte er sich. Johann wusste genau, dass die wirklich interessanten Themen erst nach zahlreichen Runden Bier auf den Tisch und die Männer ins Plaudern kamen. In diesen Stunden hatte der kleine Johann Ohren, so groß wie Topfdeckel und sog jedes einzelne Wort wie ein Schwamm auf. Da er schon als Kleinkind in der Gaststube dazugehörte, hatten sich die Gäste längst an ihn gewöhnt und freuten sich stets ihn zu sehen. Ein neckischer Spruch hier, ein kleiner Fingerpieks da; Johann war gern gesehen bei den Alten. Naja… „Alten“… für einen kleinen Jungen waren doch alle Erwachsenen irgendwie „die Alten“… Johann war sich dieses Privilegs schon in jungen Jahren bewusst und war froh über diese Schule des Lebens. Der Preis dafür war jedoch, dass er mit gleichaltrigen Kindern nur schwerlich auskam. Für Johann waren einfach andere Themen interessant und er war reifer als seine Altersgenossen. Die anderen Kinder betrachteten ihn eher abschätzig und machten sich über ihn lustig. Johann war das jedoch völlig egal. Er lauschte lieber den Erwachsenen und ahmte diese nach. Mit neunmalklugen Sprüchen erntete er in der Gaststube der Eltern nicht selten fassungsloses, aber wohlwollendes Gelächter. Aber was sollte das denn auch?! Wenn ein Erwachsener bewusst eine dumme Frage stellte, um ihn zu foppen, ließ er sich dies doch nicht einfach gefallen und gab eine ebenso freche Antwort. Johann lernte sehr schnell und seine gute Auffassungsgabe war ihm dabei sehr nützlich. Das Gewäsch darüber, wer mit wem verheiratet war und wer nicht; wer mit wem ein Verhältnis hatte und wer nicht; und wer gestorben war und wer nicht; das alles interessierte ihn nicht. Jedoch die Erzählungen über Reisen, Politik, den Wald und das Leben, das interessierte ihn brennend. So war ihm als Kind schon aufgefallen, dass die Erwachsenen seltsam häufig über diesen *Napoleon* und *die Franzosen* sprachen, da hörte er immer besonders gespannt zu. Schlimm genug, wenn ihn mitten im Gespräch der Alten, an den interessantesten

Stellen, sein Vater unterbrach, weil er irgendetwas holen oder bringen sollte. Eilig, aber widerwillig stapfte er dann los, zapfte ein Bier oder brachte einen Teller zum Tisch und war sogleich redlich bemüht, die verpassten Gesprächsfetzen aus dem Kontext heraus nachzuholen.

So sollte es nun auch dieses Mal sein. Es war Montag und die ersten warmen Junitage läuteten endgültig den Sommer ein. Der Vater rief Johann zu sich in die Küche.

„Johann, ich habe eine Aufgabe für dich, kannst du die für mich erledigen?", fragte er ihn fast staatstragend.

„Aber natürlich Vater, das weißt du doch genau! Was ist es?", bekam er eine ernste Antwort.

Der Vater hatte großes Vertrauen zu Johann. Auch wenn er ein kleiner Filou war, war er doch schon recht erwachsen und verantwortungsbewusst. Man musste ihm die Wichtigkeit der Aufgaben nur richtig erklären, wenn man dies nicht schaffte, entwickelte Johann gelegentlich eine eher eigenwillige Idee der Umsetzung. Daher wählte der Vater stets diesen staatstragenden Ton, um Johann bei der Stange zu halten. Gern gab er ihm Aufträge außerhalb des Hauses. So schickte er ihn zum Metzger, zum Bäcker oder zur Post, um Aufträge und Bestellungen auszuliefern oder abzuholen oder auch mal eine Flasche Wein als

Dankeschön abzugeben. Die Vorteile waren zahlreich: der Junge war an der frischen Luft, er brauchte nicht selbst gehen und konnte sich auf seine eigenen Aufgaben konzentrieren, ohne auf den kleinen Johann achten zu müssen. Das wichtigste jedoch: Johann hatte eine Aufgabe und kam unter Leute, so musste er lernen, mit Erwachsenen zu reden und klar zu äußern, was er möchte – er lernte also „das Reden“. Dem Vater war es sehr wichtig, dass der Junge sich in der Welt zurechtfindet und seine Mitmenschen nicht scheut, auch wenn sie älter waren. Genauso achtete er aber auch darauf, dass das stets mit Respekt und Ehrfurcht geschah. Johann setzte dies dankbar um und war dadurch bei allen Geschäftsleuten und Handwerkern von Gotha bekannt und beliebt.

„Ich möchte, dass du zum Metzger läufst und ihm diesen Zettel mit unserer Bestellung gibst. Frag ihn bitte, ob er alles bekommt und wann wir es abholen können.“, beauftragte ihn der Vater.

„Das mache ich Vater, du kannst dich auf mich verlassen!“, entgegnete ihm Johann mit stolzgeschwellter Brust.

„Das weiß ich doch!“, sagte der Vater lächelnd und tätschelte seinen Kopf. „Hier hast du den Zettel und noch einen Apfel als Wegzehrung! Aber laufe bitte nicht allzu viele Umwege dorthin, ich kenne dich doch!“

Noch ehe er seinen Satz beenden konnte, hatte Johann den Zettel und den Apfel genommen, beim Laufen bereits das erste Mal abgebissen und war eiligen Schrittes in der Tür verschwunden. So schnell würde er seinen Sohn bei diesem schönen Wetter nicht wiedersehen – aber das war völlig in Ordnung.

Johann hüpfte galoppierend und gedankenverloren durch die kleinen Gassen von Gotha. Wie immer hatte er ein Liedchen auf den Lippen und pfiff es eifrig vor sich hin. Seinen Apfel hatte er bereits vertilgt und so sprang er mit den Füßen hochkonzentriert von Pflasterstein zu Pflasterstein, wie kleine Jungen das eben so machten. An fast jeder Ecke traf er einen Erwachsenen, welcher ihn kannte, sich nach seinem Wohl erkundigte oder Grüße für Vater und Mutter mitgab, doch Johann ließ sich davon nicht ablenken, obgleich er natürlich anstandsgemäß antwortete.

Nur noch um ein paar Ecken und schon erreichte er die Metzgerei des Metzgers Grünkorn. Grünkorn war das, was man sich unter einem Metzger vorstellt – ein großer, feister Mann, mit dicken, roten Wangen und Händen, so groß wie Abortsdeckeln. Seit vielen Jahren ließ der Vater sich von ihm beliefern und die Gäste des Hauses dankten es ihm. Schon oft war Johann hier gewesen, war er doch immer wieder fasziniert von der

Auslage und den abhängenden Fleischstücken, dem Schinken und den Würsten in der Metzgerei. Bei anderen Metzgern war es schmuddelig und roch merkwürdig. Nicht so bei Metzger Grünkorn, der hatte seinen Laden im Griff! Und das schönste für den kleinen Johann war, dass der alte Metzger ihn besonders mochte. Er mochte eigentlich alle Kinder, ja… aber ihn, Johann Friedrich Joel, mochte er besonders. Warum? Das wusste Johann auch nicht, aber vielleicht war es ja, weil er so neugierig war. Die anderen Kinder bekamen immer ein Stück Schinken oder Wurst vom alten Grünkorn. Johann jedoch… tja… der bekam etwas Besseres… Wissen! Immer wenn er den Laden betrat, begrüßte ihn Grünkorn mit denselben Worten: „Na, kleiner Joel!? Heute wieder mit Bestellung!?" Und immer bejahte er dies eifrig.

Wenn der Alte mal nicht selbst im Laden stand, sondern hinten in der eigentlichen Metzgerei war und arbeitete, stand meist eine seiner Töchter im Laden, was dem Wortlaut der Frage aber keinen Abbruch tat. In beiden Fällen wurde er gefragt, ob er denn auch Zeit mitgebracht hätte und ehe er es sich versah, stand er selbst mit in der Produktion. Grünkorn liebte seine Töchter abgöttisch und war dennoch manchmal betrübt, dass er keinen Sohn bekommen hatte, welchem er sein Handwerk hätte näherbringen können. Da kam der kleine Johann im gerade recht, so neugierig wie er war. Egal was der Alte gerade verarbeitete, der Kleine durfte mitmachen und der Alte erklärte ihm alles in väterlicher Ruhe.

So kam es, dass Johann im zarten Alter von acht Jahren über alle Tiere und ihre Bestandteile Bescheid wusste, welche ein Metzger so verarbeitete. Neben Rind und Schwein war dies vor allem auch Wildbret, wie es damals in den herzoglichen Residenzstädten und der feinen Gesellschaft schick war. Wildschwein, Reh und Hirsch waren Johann also bestens bekannt, auch wie man sie zerlegte, worauf es dabei zu achten galt und was man aus ihnen alles zubereiten konnte wusste er. Das Wichtigste jedoch, was der alte Grünkorn ihm beibrachte war die Achtung vor dem Tier und dass man nichts verschwenden solle – alles samt Erkenntnisse, welche Johann auf seinem weiteren Lebensweg noch mehrfach zugutekommen würden.

Da der Metzger natürlich nicht immer alles vorrätig haben konnte, ließ ihm Johanns Vater recht freie Hand und vertraute dem Urteil seines Lieferanten. Grünkorn nahm dem Jungen dann seinen Bestellzettel ab, prüfte seine Vorräte und die Bücher und kritzelte dann seine Art Korrektur dahinter. Der Kleine durfte sich an der Schürze des

Metzgers die Hände abwischen, bekam den Zettel in die Hand, beste Wünsche für die Eltern und wurde verabschiedet. Und genau wie im elterlichen Gasthaus war der kleine Johann, ehe man sich versah, pfeifend und hüpfend aus der Tür verschwunden.

Es war Nachmittag geworden und zuhause im Wirtshaus liefen die Vorbereitungen auf Hochtouren. Tische wurden verschoben, Gardinen und Girlanden aufgehängt und das beste Geschirr aus dem Keller geholt. Die beiden Mägde polierten eifrig das Besteck. Der Knecht stand hinter dem Haus und hackte Holz für den Küchenofen und die beiden Köche sortierten Töpfe und Pfannen. Inmitten des Gewusels stand Johanns Mutter Anna, gleich einem Dirigenten und versuchte den Überblick zu bewahren. Was heißt versuchte… sie *hatte* den Überblick! Der Vater stand auf einer kleinen Leiter und staubte die Erinnerungstafeln der letzten Schützenfeste ab, was nicht gerade hing, wurde zurechtgerückt. Johann liebte dieses geschäftige Treiben, denn zum einen wurde ihm dabei nicht langweilig und zum anderen war es stets das Vorzeichen für große Gelage mit ausschweifendem Gerede der Alten, bei dem er so viel lernen konnte.

Doch ein schauerliches Ereignis trennte ihn noch vom Fest am Mittwoch… Es war jetzt Montag und der Vater konnte beim Lehrer eine Freistellung von der Schule erwirken, da er Johanns Hilfe benötigte. Aufgrund der Größe und Wichtigkeit des Schützenfestes, konnte der Lehrer auch nicht ernstlich einen Einwand gegen die Freistellung seines Schützlings haben. Doch nicht am Dienstag, weil sie dort nochmal wichtigen Stoff durchnehmen würden. Und so musste der arme Johann am Dienstag noch einmal in die Schule. Ein Umstand, welcher ihm so gar nicht passte, denn die Schule war überhaupt nicht seine Welt. Dieses Stillgesitze und die engen Räume, dazu der strenge Lehrer… das war nicht seine Sache. Scheinbar war es auch so, dass er dem Lehrer grundsätzlich die falschen Fragen stellte und da war er doch lieber gleich ganz ruhig… was ihm aber auch nicht so recht gelingen wollte. Herzog Ernst II von Sachsen-Gotha-Altenburg war ein Freund der Naturwissenschaften und hegte auch Interesse für die Gedanken der Aufklärung, doch hatte dieser Geist bisher noch keinen nachdrücklichen Einzug in die Schulen des Herzogtums gehalten, vielmehr oblag dies den Gelehrten und Intellektuellen. Wohl einer der Gründe, warum der junge Joel mit der Schule fremdelte. Ja, die Schule nervte ihn und seine Mitschüler sogar noch viel mehr. Auf dem Schulhof spielten die grüppchenweise mit Murmeln oder malten mit Stöckchen

Figuren in den Sandboden. Das war nichts für ihn. Lieber setzte er sich an den Rand und begutachtete die Pflanzen oder beobachtete die Vögel. Ja, die Schule… eigentlich war sie ganz in Ordnung aber so richtig Spaß machte es halt auch nicht. Es war etwas, wo er durchmusste. Und vor allem dieser Dienstag. Wenn der erst rum war, dann kam das große Fest!

Der elendige Dienstag verging und Johann eilte nachhause, wo endgültig die letzten Vorbereitungen abgeschlossen wurden. Zur Nachtruhe gebettet, war er aufgeregter als an seinem eigenen Geburtstag. Trotz Aufregung doch endlich müde vom Tag, schlief der Junge irgendwann ein.

Geschützfeuer riss Johann aus dem Schlaf und er schreckte hoch. Es war bereits heller Tag und das Geschützfeuer auch gar kein Geschützfeuer, es waren die Böllerschüsse aus den Kanonen des Bürgerbataillons, welche das nun beginnende Schützenfest einläuteten. Aufgeregt sprang er aus dem Bett und rannte, noch im Nachthemd, die Bodentreppe hinunter in den Gastraum. Die beiden Mägde waren, wie immer, eifrig am Arbeiten und trugen allerlei Dinge von hier nach da. Der Knecht war gerade dabei das Küchenfeuer anzuschüren und die beiden Köche bereiteten das Fleisch für die Braten vor. Vater Heinrich hatte bereits das

Haus verlassen und war in Uniform zum Festakt aufgebrochen. Traditionell hatte nun Mutter Anna das Regiment im Haus. Drüben am Marktplatz erklang Marschmusik und abermals Böllerschüsse, dann wurde es ruhig. Dies war üblicherweise der Zeitpunkt, wo der Bürgermeister seine Eröffnungsrede hielt. Johann hatte diese Rede nie interessiert, wurde doch jeder einzelne Mandatsträger, jede Dame und jede Durchlaucht einzeln begrüßt. Ihm taten dann immer die Mitglieder des Bürgerbataillons leid, die während der gesamten Ansprache strammstehen mussten. Außerdem musste er ja sowieso mit zuhause helfen und konnte quasi aus *beruflichen* Gründen dem Treiben nicht beiwohnen. Nur beim Preisschießen des Herzogs wäre er zu gern mit dabei gewesen. Sein Vater hatte ihm jedoch versichert, dass er, sofern er alt genug sei, selbstverständlich auch beiwohnen dürfe. Selbst schießen durfte er schließlich erst als Jugendlicher und Mitglied des Bataillons würde er erst als Volljähriger werden können. Er wusste aber sicher, dass sein Vater Mittel und Wege finden würde, um aus ihm schon vorzeitig einen guten Gewehrschützen machen zu können. Johann half nach Kräften im Gastraum mit und in der Stadt kehrte Ruhe ein, hatte sich der Tross der Festgesellschaft doch zum Preisschießen auf die Wiesen außerhalb der Stadt in Bewegung gesetzt.

Es wurde Nachmittag und einzig der dumpfe Lärm der einzelnen Gewehrschüsse war am Horizont zu vernehmen. Gegen siebzehn Uhr war alles bereit und die gesamte Belegschaft des Gasthauses *Zum Schützen* erwartete die große Anzahl selbiger. Wenige Minuten später hörte man eine Menschenmenge murmeln und Schritte tappen. Alle Angestellten, außer den Köchen standen gebannt am Fenster. Schließlich war der, der an der Spitze des Trosses um die Ecke kam mit hoher Wahrscheinlichkeit der neue Schützenkönig. Der Schützenkönig erntete stets Ruhm und Anerkennung der übrigen Schützen und der Bevölkerung sowie zahlreiche Ehrungen und Pokale – aber eben auch die saftige Rechnung des heutigen Abends.

So kam es, dass der Schützenkönig nicht immer automatisch der beste Schütze der Stadt sein musste, denn so mancher gute Schütze, welchem es reichte, für sich zu wissen, dass er der Beste war, setzte den letzten Schuss getrost daneben. So ging der Gewinn oft an den, der nach Prestige lechzte und bereit war die Zeche zu bezahlen. Die einfachen, weniger gut betuchten Bürger taten sich dieses Spektakel nur selten an. War es aus Geldnot oder aus purer Gleichgültigkeit gegenüber dem Titel. War doch letzteres auch ganz reizvoll. So konnte man sich ehrgeizig am sportlichen

Wettkampf beteiligen, kurz vor Schluss bewusst danebenschießen und einer der Ehrgeizlinge bezahlte dann die Zeche und bekam Lob und Anerkennung, wovon er sich jedoch auch nichts kaufen konnte. Auch Heinrich Joel vertrat diese Auffassung und vermittelte diese auch seinem Sohn. Wie dumm sollte er schließlich als Gastwirt sein, selbst Schützenkönig zu werden? Die ganze Rechnung auf seine Kappe und alle durchgefüttert?! Nicht mit Heinrich Joel! Es war ihm Ruhm genug, dass die jährliche Feier bei ihm stattfand und er dadurch ein gewisses Ansehen genoss. Johann konnte das gut verstehen. Die Mägde und Köche arbeiteten immer sehr hart und so sollten auch sie von diesen arbeitsreichen Tagen eine gute Scheibe abbekommen.

Noch immer standen alle gebannt am Fenster und auch Johann und seine Mutter hatten sich dazugesellt. Das Gemurmel und die Schritte wurden lauter und plötzlich kam die ganze Entourage um die gegenüberliegende Hausecke. Vornweg, rechterhand Bürgermeister Lamprecht, welcher zugleich der Hauptmann des Bataillons war. Auf der anderen Seite Stadtvikar Kredner mit Stock und Zylinder. Und stolz wie ein Gockel, behangen mit dem Siegergeschmeide des diesjährigen Schützenkönigs: Jakob Heinze, ein Prahlhans vor dem Herrn. Es überraschte nicht, dass er gewonnen hatte, war aber ein Hinweis auf die Richtigkeit der Vermutung bezüglich der anderen guten Schützen. Heinze war ein passabler Schütze, obgleich er seine eigentlich eher mittelmäßigen Fähigkeiten stets als vortrefflich zu verkaufen versuchte. So hatten wohl die übrigen Teilnehmer den besagten Kunstkniff gewählt und nun war Heinze der neue Schützenkönig. Johann war klar, dass die ausschweifende Rechnung heute nicht den Falschen treffen würde und auch sein Vater auf seine Kosten käme. Heinrich Joel hatte ein ausgeprägtes Talent, großspurige Zeitgenossen wie Jakob Heinze publikumswirksam aufs Korn zu nehmen, ohne dass diese es auch nur bemerkten. Man konnte fast Mitleid mit dem armen Heinze haben, würde er doch im Laufe des Abends noch einige ehrrührige Spitzen ernten und sich dann genötigt sehen, eine weitere Runde auf seine erstklassigen Schießkünste schmeißen zu müssen. Johann schmunzelte. Die Mägde gackerten auch sogleich los: „Der Heinze… hast du gesehen!" und kicherten vor sich hin. Mutter Anna zog bloß schmunzelnd die Augenbraue hoch und drehte sich zu ihrem Personal.

„Meine Damen, auf auf, die Arbeit ruft! Ihr kennt eure Aufgaben!" Zu Johann gewandt sagte sie: „Mein Junge, du drehst immer mal eine Runde und schaust, wo du helfen kannst. Du bist nun

schon groß und darfst das in diesem Jahr selbst entscheiden. Denke aber daran, dass du dennoch ein Kind bist und benimm dich gegenüber den Gästen entsprechend. Versprichst du mir das?"
Johanns Brust war stolz geschwellt und eifrig versicherte er der Mutter, was sie hören wollte. Er lief schnell in die Küche, um nach dem Knecht zu sehen, ob dieser vielleicht Hilfe mit dem Feuerholz brauchte. Die Festgesellschaft trat unter lautem Gemurmel ein, jeder fand seinen Platz und auch Heinrich Joel war nun wieder verfügbar. Er war so etwas wie das Bindeglied zwischen Gasthaus und Festgesellschaft und nahm an der Seite des Bürgermeisters an der mittleren Tafel Platz. Gleich zur Rechten des Bürgermeisters saß der neue Schützenkönig und die übrige Gesellschaft verteilte sich an den Tischen. Standesgemäß versteht sich.

Johann lugte durch die halb geöffnete Küchentür. Er war auf der Suche nach einem ganz besonderen Gast. Einige der hohen Herren waren in Begleitung ihrer Frau anwesend und einige auch in Begleitung ihrer Tochter. Bürgermeister Lamprecht hatte üblicherweise seine Tochter bei sich, welche aufgrund der exponierten Stellung des Vaters in der Mitte der Runde meist etwas abseits und allein saß. Lamprecht war als Familienfreund bereits bei Johanns Taufe anwesend und so damals

auch Johanna Friedericka Lamprecht, wie sie klangvoll hieß, im zarten Alter von sechzehn Jahren. Mittlerweile war sie vierundzwanzig und eine stattliche junge Dame geworden. Das hielt sie jedoch nicht davon ab, den kleinen Johann herzlich zu begrüßen, wenn sie ihn sah.
Johann erblickte sie auf der anderen Seite des Raumes in einer Ecke bei weiteren Frauen. Sie sah wie immer bildschön aus und trug ein langes rosafarbenes Kleid. Nun galt es nur noch eine Beschäftigung zu finden, um einen Vorwand zu haben, zu ihr hinüberzukommen. Doch dies sollte noch einige Zeit dauern. Zunächst wurde eine Rede gehalten und angestoßen. Danach wurde eine Rede gehalten und angestoßen. Dann wurde nochmals angestoßen und erst danach eine Rede gehalten und dann gab es Suppe. Nach der Suppe wurde wieder … nun ja und immer so weiter eben. Johann hatte den Eindruck, dass bei solchen Schützenfesten mehr geredet wird und der Herzog gelobt, als eigentlich geschossen wurde. Der Herzog war zwar beim Schießen zugegen und hielt eine kurze Ansprache, doch waren Schützenfeste nicht das seine. Er beschäftigte sich lieber mit der Naturwissenschaft oder der Freimaurerei. Für ein Herzogtum wie seines war ein stehendes Heer jedoch finanziell unmöglich und so waren Bürgerbataillone wie das Gothische eine militärische

Notwendigkeit. So machte er mit einigem Widerstreben bei dem Spektakel mit, sprach einige warme Worte und überließ dann Protokoll und Durchführung getrost den Offizieren des Bürgerbataillons.

Der Abend nahm seinen Lauf und die Trinksprüche ebbten nicht ab. Nachdem der Hauptgang verspeist und alle gesättigt waren, kam auch das Feuerwasser auf den Tisch – für Johann immer der lustigste Teil des Abends. Jedoch galt es zuerst die Tafeln zu beräumen und das war der ideale Vorwand, um endlich zu Johanna hinüberzukommen. Eilig und geschäftig lief er hinüber durch den Saal und griff sich einen der schmutzigen Teller, um beschäftigt zu wirken. Unweit von Johanna blieb er stehen. Sie lächelte. Das lange braune Haar lag, zu einem Zopf geflochten über ihrer Schulter und sie hatte damenhaft ihre Finger vor dem Körper verschränkt.

„Nun, kleiner Joel, du wirkst beschäftigt!"

„Wir hier im Gasthaus zum Schützen sind immer beschäftigt, Fräulein Lamprecht!", antwortete Johann altklug. Johanna kicherte.

„Du sollst mich doch Johanna nennen! Schließlich kenne ich dich schon seit deiner Taufe, als du noch in die Windeln gemacht hast!"

Johann stotterte. „Jo… Johanna… natürlich." Schnell fasste er sich aber wieder und verkündete

selbstsicher: „Den Namen kann ich mir zufällig ganz leicht merken!“
Johanna lachte uns tätschelte seinen Kopf: „Das glaub ich gern, schließlich haben wir fast denselben Vornamen!“
Der Junge mochte es sehr, wenn Johanna ihn den Kopf streichelte, hatte sie doch zarte und unheimlich weiche Hände. Obwohl sie sehr damenhaft und weiblich war, strahlte sie doch nicht die Divenhaftigkeit der übrigen Damen aus, welche sich für einen besonders wichtigen Teil der gehobenen Gesellschaft hielten. Johann belustigte das eher. Einige der Damen Geheimrat oder Doktor hatten schließlich am Standesamt promoviert. Johanna war anders. Sie war klug, warmherzig und auf eine natürliche Weise schön. So eine Frau wollte Johann später auch einmal haben. Eine mit der man auch scherzen konnte und welche mit ihrem Lächeln die ganze Welt begeisterte. Ehe er es sich versah, hatte er das auch in Worte gefasst und es Fräulein Lamprecht mitgeteilt. Und so platzte es aus dem Jungen heraus:
„Eine Frau wie dich möchte ich später heiraten! Nicht eine wie diese aufgetakelten Gänse vom herzoglichen Hof!“ Einige der umstehenden Damen der feinen Gesellschaft hatten das gehört und verleierten erbost die Augen. Doch davon bekam Johann nichts mit.

Johanna lachte abermals, raffte mit beiden Händen links und rechts ihr Kleid und machte einen höflichen Knicks und eine dankende Kopfbewegung und sprach amüsiert: „Vielen Dank, junger Herr! Ihr seid sehr höflich! Wenn ich nicht schon verlobt wäre, käme ich sicherlich auf Euer Angebot zurück!"
Johann bekam einen roten Kopf, wurde ihm dann doch gewahr, dass seine Ansprache etwas forsch für sein Alter war. Aber es war wie immer und Johanna nahm ihm alle Furcht. Sie war einfach eine tolle Frau. Und er war schließlich der Sohn des Wirtes, wer konnte ihm da schon böse sein!
„Nun musst du aber weiterarbeiten, kleiner Johann. Nicht, dass du wegen mir noch Ärger bekommst! Ich werde mich nachher verabschieden, bevor ich gehe. Versprochen!"
Johann nahm den Appell ernst und stürzte sich sogleich in die Arbeit. Schnell waren alle Tafeln beräumt und die Tische wieder sauber hergerichtet. Es wurde Wein und Bier gebracht und die Veranstaltung nahm ihren Lauf. Noch oft durfte sich der Schützenkönig sarkastische und ironische Lobeshymnen auf seine Leistungen anhören und eine um die andere Runde Getränke bezahlen. Und so verlief das Fest ohne weitere Vorkommnisse und mit viel Spaß und Freude. Johann hatte sich ein immer neues Plätzchen gesucht, von wo

aus er alles am besten beobachten konnte und möglichst viel von den Gesprächen der Erwachsenen mitbekam. Seine Mutter, die ihn immer wieder beobachtete, ließ ihn gewähren und rief ihn nur zu sich, wenn wirklich etwas zu helfen war. Gegen späten Abend wurde der Junge müde und so sehr er sich bemühte weiter zu folgen und so sehr er sich auch bemühte, gegen seine zufallenden Lider zu kämpfen, verlor er doch schlussendlich und schlief auf einer der Bänke am äußersten Rand des Gastraumes ein. So konnte er sich nicht mehr von Johanna verabschieden, aber das war in Ordnung. Mutter Anna brachte den Jungen schließlich ins Bett. Ein weiterer Abend im Leben des kleinen Johann Friedrich Joel war vorüber, an welchem er viel gearbeitet und geholfen, aber auch viel, viel von den Gesprächen der Alten aufgenommen hatte. Da war es kein Wunder, dass der erwachsene Joel wurde, wie er wurde.

Beim Metzger

Die Jahre gingen ins Land. Herzog Ernst II. von Sachsen-Gotha-Altenburg war mittlerweile verstorben und ihm folgte sein Sohn August auf dem Herzogsthron nach. August war ein glühender Verehrer Napoleons, was nicht bei allen Untertanen auf Gegenliebe stieß. Aus dem jungen Johann war ein stattlicher und fleißiger Knabe geworden und im Wesentlichen hatte sich Gotha wenig verändert. Viele weitere Feste und Abende im Gasthaus *Zum Schützen* hatten ihn reifen lassen und mit voranschreitender Lebenszeit verstand er sich noch besser auf die Gespräche der Alten.

So hatte er, trotz seines jungen Alters ein fundiertes Wissen und eine Meinung zu Politik, Gesellschaft und Geschichte. Seine ausschweifenden Streifzüge durch die umliegenden Wälder hatten aus ihm einen naturverbundenen Waldläufer gemacht. Immer wenn der junge Joel im Wald war, war er fern der Enge der Stadt und frei von seinen Mitmenschen. So gern er auch im elterlichen Gasthaus war, mithalf und die Gäste bewirtete, wurde er doch nach einigen Tagen oder Wochen stets müde vom immer gleichen Gewäsch mancher Leute. Wenn man ehrlich war, war Gotha zwar

die Residenzstadt eines Herzogtums, gleichsam aber in manchen Belangen regelrecht ein Dorf, speziell wenn man den geistigen Horizont mancher Einwohner betrachtete.
Nicht, dass man den jungen Joel falsch verstünde – er war ein Freund der einfachen Leute, Arbeiter und Bauern und verstand sich hervorragend mit diesen. Vielmehr betraf sein Groll jene pseudoelitäre Schicht von Höflingen, vermeintlich feinen Bürgern, Händlern und Advokaten. Auch die konnte man gewiss nicht alle verteufeln, war doch aber die Anzahl jener unangenehmen Zeitgenossen unter ihnen unwahrscheinlich hoch. Johann hatte nie verstehen können, wo und wie so manches Selbstbild entstanden war. Einige dieser hohen Herren hatten ein Auftreten, als wären sie selbst Herzog oder König.
Vielmals waren ihre Gattinnen zugegebenermaßen ganz ansehnliche Weibsbilder, doch schoss ihnen die Dummheit, Einfältigkeit und Naivität nicht selten schon von Weitem aus dem Gesicht. Das Schlimmste daran war, dass viele der einfachen Leute sich von diesem Treiben und der Großspurigkeit dieser Eliten einlullen ließen, es in Ermangelung besseren Wissens glaubten oder sich aufgrund mangelnder Schlagfertigkeit schlichtweg nicht wehren konnten. Johann tat dies leid und wo immer er derartiges erlebte, griff

er ein und vermochte es im Laufe der Jahre mittlerweile ganz hervorragend, mit den passenden Antworten aufzuwarten. Er verstand sich in gewisser Weise als eine Art Rächer des einfachen Volkes. Selbstverständlich nicht auf eine heldenhaft, heroische Art á la Robin Hood. Aber es bereitete ihm doch einige Freude, wenn er es schaffte, solche Ungerechtigkeiten im Kleinen zu besiegen. So war auch der heranwachsende Joel eine beliebte Figur im Stadtbild und an den Dienstgängen für seinen Vater und den Gesprächen mit der Nachbarschaft hatte sich seit seiner Kindheit im Wesentlichen nichts geändert. Nur seine Rolle hatte hier und da gewechselt.
Waren es früher die Erwachsenen, welche ihm etwas erzählten, war es heute vielmehr so, dass er es war, welcher den Erwachsenen etwas erzählte. Auch seine Besuche bei Metzger Grünkorn fanden noch statt, doch hatte sich hier zwischen beiden ein fast schon kollegiales Verhältnis auf Augenhöhe entwickelt. Hatte der junge Joel mal wieder eine Bestellung für das Gasthaus, suchte er wie gewohnt Metzger Grünkorn auf und nunmehr fachsimpelten beide über Fleischqualität, neue Gerichte oder den Wildbestand im herzoglichen Forst. Letzteren suchte Johann zu jedem nur möglichen Zeitpunkt auf. Nicht nur aus den genannten Gründen, sondern viel mehr, weil ihn

eine gewisse Kraft, wie von Geisterhand immer wieder dorthin zog. Er konnte dies nicht erklären und auch die Kraft nicht beschreiben. Es war doch aber so, dass er, egal wie oft er einen Weg schon gegangen war oder wie oft er an einem Platz schon verweilt hatte, immer wieder Neues entdeckte und ihn diese Natur faszinierte.
Es war die Faszination des Beständigen im Unbeständigen, welche Johann fesselte. So unterschiedlich die Wälder und Wiesen auch jedes Mal aussahen, so verschieden auch die Lichtmomente sein mochten oder so unterschiedlich die Tageszeiten, eins war doch klar: die Jahreszeiten kehrten unaufhaltsam wieder und wieder. Nach langem Winter kamen März und April mit ihren ersten Blumen. Es kam der Mai mit seinem satten Grün. Nach den ersten warmen Tagen in Juni kam der Sommer in Form von Juli und August und schlussendlich die Ernte im September und Oktober. Der November, von vielen verhasst, war einer seiner Lieblingsmonate, da der dichte Nebel in den Thüringer Bergen immer eine ganz eigene und mystische Stimmung erzeugte. Zum Weihnachtsfest im Dezember wurden hunderte kleiner Lichter angezündet, um die Dunkelheit zu vertreiben und nach dem Jahreswechsel kam der Januar und alles begann von vorn.

Dieser stete Ablauf, welchen man am besten an der Natur selbst ablesen konnte, war für Johann ein ganz besonderer Zauber.
Hatte der Mensch doch auf vieles Einfluss und hatte vieles erfunden, wurde auch mit Dampfkraft vieles automatisiert, so gehörten die Jahreszeiten doch zu jenen Prozessen, wo dem Menschen seine Machtlosigkeit gegenüber der Natur gewahr werden musste. Johann war kein überaus religiöser Mensch und das hatte sich auch mit seinem Heranwachsen nicht geändert. Obgleich er getauft wurde, hatten es seine Eltern doch nie so genau genommen, mit der Kirche. Dennoch empfand Johann eine tiefe Ehrfurcht vor dieser unsichtbaren Kraft der Natur.
Ob man diese nun *Gott* nannte, das wusste er nicht, es war ihm aber auch egal. Wichtig war ihm, dass jeder Mensch eine gewisse Ehrfurcht vor der Natur, der Umwelt und seinen Mitmenschen verspürte. Ihm waren die Bäume so nah wie die Tiere und die Tiere so nah wie die Menschen. Für Johann war es eine Frage der Haltung, sich selbst und das Leben nicht zu ernst zu nehmen. Scherzhaft entgegnete er auf Fragen zu seiner offenkundigen Gelassenheit: „Da kommen wir eh nicht lebend raus!" und begann stets zu lachen.
So war auch zu erklären, warum er stets ein fröhlicher Gesell und ein angenehmer Gesprächs-

partner war: er nahm sich selbst nicht so ernst. Nur bei Dummheit und Arroganz, da schwoll ihm regelrecht der Kamm und in diesen Momenten konnte er seine ganze unappetitliche Art und all den angestauten Groll auf sein Gegenüber entladen. Es wird allerdings kaum einen Zeitgenossen geben, welcher berichten könnte, dass es jemals den Falschen erwischt hätte. So war der junge Joel, ein Kind seiner Zeit und ein Spiegel seines Umfelds. Unbeugsam, frei und am Wesen der Welt interessiert.
Da man von diesen Charaktereigenschaften jedoch keine Brötchen kaufen konnte, schickte ihn der Vater bei einem örtlichen Hutmacher in die Lehre. Es ging ihm nicht so sehr um die Lehre, sondern viel mehr um die Absicht, die Flausen seines Jünglings etwas in gezügelte Bahnen zu bringen. Heinrich Joel war bewusst, dass er seinen Sohn ganz gut hingebracht hatte, war doch selbst aber immer öfter mit seinem Latein am Ende, wenn es um Fragen *von* oder Diskussionen *mit* seinem Sohn ging. Auch selbst ausbilden konnte er ihn nicht, das hätte auf die Dauer wohl nur Mord und Totschlag im Gasthaus *Zum Schützen* gegeben. Außerdem war auch klar, dass Johann nach all den Jahren als Sohn des Gastwirts seine Gesellenprüfung schon lang in der Tasche hatte, auch wenn dies freilich keiner offiziell bescheinigen

würde. Heinrich sah einen handwerklichen Lehrberuf als Mittel der Wahl, da der junge Johann somit wenigstens einen Gesellenbrief in der Tasche haben würde. Was er später damit anstellen würde, das läge dann in Gottes Hand und nicht mehr im Vermögen von ihm als Vater. Ein alter Bekannter von Heinrich Joel war der Hutmacher Finke. Finke war um einiges älter aber ein angesehener Handwerker, der schon so einige Bengel durch die Lehre gezerrt hatte. Bereitwillig nahm er Johann unter seine Fittiche und für diesen begann nun ein neuer, wichtiger Lebensabschnitt.

Der Geselle

„Der Lümmel kommt mal wieder zu spät!“, fluchte Lehrmeister Wilhelm Finke und schlug mit der Faust auf die Werkbank. Er blickte zornerfüllt aus dem Werkstattfenster, um nach seinem Lehrling Ausschau zu halten. Doch der junge Joel war wie so oft nirgendwo zu sehen. Wenn er diesen Bengel doch erst los wäre. Noch ein paar wenige Wochen bis zu dessen Gesellenprüfung, dann hätte Finke quasi seine eigene Meisterprüfung erneut durchstehen müssen und hätte diesen unsäglichen Taugenichts durch die Lehre gebracht. Ein gar hartes Stück Arbeit. Für ihn als Lehrmeister war das schlimmste, dass der Junge weder dumm noch unaufmerksam war, ganz im Gegenteil. Nie zuvor hatte er einen Lehrling, welcher die Arbeitsschritte und Tätigkeiten in der kleinen Hutmachermanufaktur so schnell beherrschte, wie der junge Joel. Ein ums andere Mal kam es vor, dass dieser, einen Kniff einmal gesehen, sofort beherrschte und das nicht selten besser als der Meister. Ein leichtes Schmunzeln schlich über das Gesicht des alten Finke, während er noch immer aus dem Fenster blickte. Er konnte nicht umhin zuzugeben, dass er den Jungen eigentlich wirklich mochte und seine Fähigkeiten schätzte. Doch wie oft wurden die Hüte und Taschen nicht fertig, weil Joel einfach woanders war. Zumeist nur mit den Gedanken, sodass er ihn zurechtweisen konnte, aber auch nicht selten war Joel gar körperlich abwesend und ein weiteres Mal zu seinen weitschweifenden Streiftouren durch die gothaischen Wälder aufgebrochen. Da stand er als Meister allein an der Werkbank und fluchte eifrig vor sich hin. Doch so oft er ihn dann anschrie und ihm nicht selten eine Backpfeife zukommen ließ, so oft stand der junge Joel dann auch bis tief in die Nacht in der Werkstatt und arbeitete seine Versäumnisse nach. Dieser Lehrling hatte einfach nur seinen eigenen Kopf und den konnte ihm keiner nehmen.

Abermals schmunzelte Finke, als er Johann plötzlich erblickte. Die lederne Tasche lässig über die Schulter gelegt, kam der junge Joel pfeifend um die Ecke geschlendert. Auf dem Kopf trug er wie immer, seine mit Eichenlaub bestickte Kappe, die er selbst gefertigt hatte und ohne die man ihn nur höchst selten zu Gesicht bekam. Finke stand mit verschränkten Armen und ernstem Blick an die Werkbank gelehnt und erwartete seinen Strolch von Lehrling. Joel kam in die Werkstatt. „Johann Friedrich," blaffte er diesen an, „wo haben wir uns denn *heute* wieder rumgetrieben? Lass mich raten: im Wald!? Wo sonst!“ Joel, wie immer gänzlich unbeeindruckt von derlei Fragen, stellte seine Tasche auf einen Stuhl und hing seine Kappe an den Haken. Mit dem Rücken zu Finke gewandt, antwortete er: „Meister, ihr wisst doch: Freie Geister brauchen freien Raum und den finde *ich* nur im Wald! Hier im Ort sind mir viel zu viele engstirnige Großkopferte!“ Joel, der sich mittlerweile dem Meister zugewandt hatte, beendete seinen Satz mit dem, ihm eigenwilligen, schlitzohrigen Grinsen, welches nicht nur seinen Meister regelmäßig zu Weißglut brachte. Der Meister schnaufte, derlei Situationen überdrüssig, und ging langsam an die Arbeit, während er Joel entgegnete: “Weißt du, noch vor einem Jahr hättest du jetzt eine weitere Backpfeife von mir gekriegt, weil du sie dir auch verdient hättest… aber ich bin dessen müde, dich ändert ja sowieso keiner mehr. Tu mir nur einen Gefallen und reiß dich noch die paar Tage zusammen, dann bist du mich los und kannst wandern so viel du willst!“ Finke, seinen klagenden Satz beendend, fing an die Stoffe zu sortieren und die heutigen Werkstücke vorzubereiten. Joel, welcher innerlich natürlich großes Verständnis für seinen Meister hatte aber dem sein jugendlicher Drang weit wichtiger war als das schnöde eintönige Leben seines Lehrmeisters

ging ihm sofort zur Hand und die beiden begannen die Arbeit.
Die Stimmung besserte sich, weil sich wie immer zeigte: hat man den Lehrling erst einmal eingefangen, ist dieser auch mit Herzblut und Fleiß bei der Sache. Joel und sein Meister kamen gut voran, die Gespräche liefen von hier nach da und als alles gesagt war, fing Joel, wie so oft an, ein Lied zu summen. Joel kannte viele Lieder und meist die, bei welchen man das Mitsummen und Mitpfeifen kaum lassen konnte.
„hm hm hm… hm mh mmh mmh mmh…“, summte Joel vor sich hin.
Finke, angesteckt durch Joel´s Summen, sang unwillkürlich vor sich hin: *„… di scharum di schrumm schrumm schrumm…* Das kenne ich doch!“, rief er zu Joel.
„Sicherlich, das ist das Lied über die alten Leineweber! Das haben neulich die Jenenser Studenten im Wirtshaus gesungen, das ist recht bekannt!“
„Aber wie ging noch gleich der Text? Ich bekomm ihn gerade nicht mehr zusammen!“
Joel fing an mit seiner sanften, aber doch kräftigen Stimme das Lied der Leineweber anzustimmen und sang:

„Die Leineweber haben eine saubere Zunft,
harum di scharum di

schrumm, schrumm, schrumm.
Mittfasten halten sie Zusammenkunft.
harum di scharum di
schrumm, schrumm, schrumm.
Aschegraue, dunkelblaue,
schrumm, schrumm, schrumm.

Mir ein Viertel,
dir ein Viertel,
schrumm, schrumm, schrumm."

Finke, der in Gedanken dem Text gefolgt war und noch unsicher, kopfnickend mitsummte, hatte plötzlich eine Eingebung und den Text wieder im Kopf und stimmte kräftig mit ein.

„Fein oder grob, gefressen wern se doch, mit der Jule,
mit der Spule, mit der schrumm, schrumm, schrumm!"

Und so stimmte beide aus voller Kehle alle weiteren Strophen des Liedes an und die Arbeit machte sich wie von allein. So standen sie sich gegenüber am Tisch, Nadel und Faden in der Hand und in die Arbeit vertieft und sangen und sangen. Finke schüttelte währenddessen grinsend den Kopf und dachte sich: „Das ist Johann Friedrich Joel… Du denkst er sei ein Taugenichts, doch eigentlich kannst du ihm nicht böse sein! Was für ein

Charakterkopf!“ und wünschte sich insgeheim auch noch mal so jung und wild zu sein, wie sein Lehrling.
So gingen die nächsten Tage ins Land und Joel schien der Bitte seines Meisters nachzukommen und kam kein weiteres Mal zu spät und so konnten sie gemeinsam alle Bestellungen fertig machen und ausliefern. Der Tag der Gesellenprüfung kam und Joel bestand mit Bravour, ohne einen einzigen Fehler zu machen. So hatte er nach drei langen Jahren, welche den alten Finke viel Zeit und Nerven gekostet hatten, schlussendlich seine Ausbildung zum Hutmacher beendet und seinen Gesellenbrief erhalten. Für Finke waren plötzlich alle Verfehlungen und Unzuverlässigkeiten des jungen Joel vergessen und mit väterlichem Stolz reichte er ihm die Hand.
„Johann Friedrich, ich wusste schon im ersten Jahr, dass du zukünftig wohl niemals dem Hutmacherhandwerk tatsächlich nachgehen wirst und dennoch hast du nun deine Ausbildung beendet. Ich bin stolz auf dich! Über die Mühen und den Kummer, den du mir bereitet hast, möchte ich aber lieber kein Wort verlieren!“
Joel grinste und sprach: „Meister Finke, ich danke Euch! Es war doch trotz allem eine schöne Zeit! Ich habe viel von Euch gelernt aber Ihr doch gewiss auch einiges von mir, nicht wahr!?“

Finke wollte zur Antwort Luft holen, doch ehe er recht eingeatmet hatte, unterbrach ihn Joel und setzte seinen Satz fort: „Die vielen Lieder meine ich natürlich, die ich Euch beigebracht habe!“ und zwinkerte ihm mit dem linken Auge zu, während sein Grinsen noch breiter wurde.
Finke prustete seinen Atem aus und murmelte: „Die Lieder… von dir gelernt… natürlich…“ und fasste sich kopfschüttelnd aber dennoch lächelnd an die Stirn.
„Joel, mein Joel! Du machst mich fertig!“, rief er lachend. „Nun zieh hinaus in die Welt, die dich seit langem ruft, stille deinen Tatendrang aber mach mir keine Schande, hörst du! Ich weiß, du wirst deinen Weg gehen! Wenn nicht du, wer dann! Gute Walz, Bruder Joel!“
Beide reichten sich zum Abschied die Hand und Joel machte kehrt, um aufzubrechen. Er hängte seine Tasche um, rückte sein grünes Käppchen zurecht und schlenderte pfeifend von dannen. Finke blickte ihm wohlwollend hinterher und unbewusst kroch ihm die Melodie ins Ohr, die mit Joel langsam davonzog und so brummte er ganz leise vor sich hin *„harum di scharum di, schrumm, schrumm, schrumm…“*, bis Joel um eine Häuserecke verschwand.
Das Wesen dieses jungen Burschen konnte niemanden ernstlich überraschen. Schon vom

Elternhause her, schien so einiger Charakterzug vorherbestimmt zu sein. Er fasste über die Jahre mehr und mehr Selbstvertrauen und entwickelte sich mit sicherem Wort und geistreichem Witz zu jenem Gesprächspartner, welcher später über die Landesgrenzen hinaus bekannt werden sollte.
Die derben Witze, das große Gelächter, so mancher Streit und all das was man in Wirtshäusern eben so erlebte, wenn Menschen ohne beruflichen Zwang ausgelassen ihrer Freizeit frönten und Mensch einfach Mensch sein ließen. Seine Kindheit und Jugend in Gotha prägten ihn sehr und durch sein Leben als Wirtssohn wusste er über so Manches Bescheid. Er kannte Geschichten über verlorene Liebe, missglückte Geschäfte, große Taten im Krieg und die Gebrechen des Alters. Hatte er zwar nichts davon selbst erlebt, so waren es doch wichtige Lektionen des Lebens und oftmals Berichte über Richtig und Falsch; Tun und Lassen; Dummheit und Weisheit. Und Joel, schon als Junge ein kluger Kopf sog dies alles in sich auf und es prägte sein Gemüt.
Doch nun war diese prägende Zeit vorbei und er hatte seinen Gesellenbrief in der Tasche. Wollte er zwar nie im Leben im Handwerk eines Hutmachers arbeiten, war er dennoch froh diesen so wichtigen Lebensabschnitt vollendet zu haben. Schließlich war er zwar gern bereit, bei seinen

Mitmenschen als unangepasst zu gelten, doch als Taugenichts wollte er in keinem Falle dastehen und da war so ein Gesellenbrief schon von großem Vorteil. So recht wusste er nun nicht, wohin die Reise geht, doch wusste er mit unumstößlicher Sicherheit, dass es eine Reise werden würde. „Eine Reise, eine Reise…", dachte er bei sich. Doch Reise… das war ein zu normales Wort für jemanden wie ihn. Eine Reise machen Geschäftsleute und Studierte, um ihren Geschäften nachzugehen oder zu forschen. Joel wollte weder das eine noch das andere. Und so wollte er den Weg, welchen er zu beschreiten beabsichtigte auch nicht Reise nennen, sondern *Walz*. Ja, Walz, das war der richtige Begriff dafür. Schon als Kind liebte er diesen Begriff. *Walz*. Allein der Klang des Wortes erfüllte ihn mit Ehrfurcht. Gesellen gehen nicht auf Reisen, sie gehen *auf Walz*. Ein Wort, hart und doch zugleich melodisch; kurz und doch prägnant; so volkstümlich wie weltoffen; genau wie er. So beschloss er, dass seine beginnende Wanderschaft künftig seine Walz sei. Und so brach er auf in die Welt.

Sachsen-Coburg-Gotha

Große Irrungen und Wirrungen suchten Europa heim und so verlor sich die Spur von Johann Friedrich Joel für einige Jahre. Napoleon überzog das Land mit Krieg und erst der Russlandfeldzug konnte seinem Treiben ein erstes Einhalten gebieten. Kaum ein männlicher Zeitgenosse, gleich welcher gesellschaftlichen Stellung war zu finden, welcher nicht auf die eine oder andere Weise in den Befreiungskriegen gegen die Napoleonische Herrschaft mitgewirkt hatte. Sei es durch Zwangsrekrutierung als einfacher Soldat, als glühender Patriot und Freiwilliger in den Freikorps oder als Landesfürst im Generalsrang. Auch die Wahl der Seiten in diesem Kriege war, besonders bei den Obrigkeiten, nicht selten von purem Pragmatismus geprägt. Doch wo war Joel? Eines der wenigen Dinge, welches bekannt wurde vom alten Joel war, dass auch er als berittener Armeegendarm im großen Treiben mitwirkte. So brachte ihn der Krieg nach Russland, Polen und Ungarn. Ob er sich dort verdient gemacht hatte? Wer konnte das schon wissen. Das Einzige, was wir wissen ist, dass der alte Joel mit seiner

uneitlen Art sicherlich nicht mit etwaigen Leistungen hausieren gegangen wäre.
So bleibt es der Fantasie überlassen, jene Zeit des großen Krieges und Joels Anteil daran zu erahnen. In späteren Jahren wurde jedenfalls nicht davon gesprochen.
Als Napoleon das zweite Mal und nun endgültig verjagt war, versuchten die Deutschen Fürsten und Könige auf dem Wiener Kongress, Kapital aus den politischen Verwerfungen zu schlagen und schacherten und tauschten Ländereien und Untertanen gleich einem Kartenspiel. Unter der Führung des Fürsten von Metternich wurde das alte Europa restauriert und alle Beteiligten waren um ein Gleichgewicht der Mächte bemüht. Hatte sich politisch wenig getan, so war dennoch ein Geist entbrannt, welchen selbst die Fürsten mit ihrer Macht und ihrem Einfluss nicht mehr einzufangen vermochten. Es war jener Geist der Aufklärung, welcher sich zunehmend im Volk breit machte und in den folgenden Jahren zur Blüte von Wissenschaft und Lehre beitragen sollte. Aufgrund der politischen Verhältnisse geschah dies jedoch verdeckt und im Querschnitt der Gesellschaft zog man sich auf unpolitische Themen, Literatur, Musik und die schönen Künste zurück. Diese Zeit wird später als *Bidermeier-Zeit* in den Geschichtsbüchern stehen. Besonders in den

sächsischen Herzogtümern der thüringischen Lande erkannte der überwiegende Teil der Fürsten doch die Zeichen der Zeit und so begannen sie, mit der Förderung von Kunst, Kultur und Wissenschaft. Teils aus ehrlichem Eigenantrieb und teils aus bloßer Sorge vor dem eigenen Volk, wurde so versucht, den Geist der Aufklärung nach eigenem Gutdünken zu lenken und zu gestalten.

Die Jahre vergingen und in Gotha tat sich wenig. Herzog August war kinderlos und im Volke weitestgehend unbeliebt. Er starb im Jahr 1822 nach kurzer Krankheit und auf dem Thron folgte ihm sein jüngerer Bruder Friedrich IV. als Herzog nach. Dieser starb bereits drei Jahre später, ebenfalls kinderlos. August war glühender Verehrer Napoleons und avancierte nach dessen endgültiger Niederlage bei Waterloo auf der Bühne der europäischen Herrscherhäuser zur *persona non grata*. Das Herzogtum war fortan ohne Macht und Einfluss. Sein Bruder, welcher nach seinem Tod den Thron bestieg, machte kaum eine glücklichere Figur. Friedrich wurde im Krieg gegen Frankreich 1793 schwer verwundet, als er fast von einem umstürzenden Pulverwagen erschlagen worden wäre. Seit dieser Zeit war er schwer krank und erholte sich nie ganz von seinen Leiden. Durch seine Krankheit war er gezwungen, sich oft in

Heilbädern und zur Kur aufzuhalten. Nach einem langjährigen Aufenthalt im Vatikan zwischen 1804 und 1810 konvertierte er schließlich 1814 zum Katholizismus, als einziger ernestinischer Fürst überhaupt. Sein Gesundheitszustand verschlechterte sich schließlich weiter und so kam es, dass er bei seinem Amtsantritt 1822 sein Sprachvermögen fast gänzlich verloren hatte. Während seiner kurzen Regentschaft regierte er nicht selbst und weilte abermals häufig in Heilbädern. Weil er nie verheiratet war und somit ohne einen Erben blieb, erlosch das Herzogtum Sachsen-Gotha-Altenburg mit seinem Tod im Jahre 1825.
Bereits seit Zeiten Augusts war es immer wieder zur Frage der Erbschaft des Herzogtums gekommen, da das Aussterben der Linie bereits frühzeitig absehbar war. Einen Erbanspruch machten neben Herzog Ernst I. von Sachsen-Coburg-Saalfeld auch die Herzöge von Sachsen-Meiningen und Sachsen-Hildburghausen geltend. Als Friedrich IV. nun verstorben war, wurde die Erbschaftsfrage endgültig immanent. Man suchte einflussreiche Fronten zu bilden, um die eigenen Interessen durchzusetzen. Neben dem preußischen König wurden auch Fürst Metternich und der russische Zar bemüht. Um den Streitigkeiten frühzeitig Einhalt zu gebieten, fällte der Sächsische König einen rechtsverbindlichen Schiedsspruch, welcher

das Patt schließlich auflöste. Der Herzog von Sachsen-Hildburghausen erhielt das gewünschte Herzogtum Sachsen-Altenburg und trat dafür das Hildburghäuser Kernland ab. Der Herzog von Sachsen-Meiningen erhielt als Ausgleich für den Verzicht auf Gotha das Hildburghäuser Kernland sowie Sachsen-Saalfeld und die Grafschaft Camburg. Der Herzog von Sachsen-Coburg-Saalfeld trat Saalfeld ab und erhielt im Gegenzug Gotha. Die gefassten Beschlüsse waren für alle Beteiligten akzeptabel, die Gebietsaufteilungen der sächsisch-thüringischen Herzöge wurden nach vielen Jahren endlich bereinigt und für die Zukunft waren alle, dies betreffenden Gebietsansprüche nichtig. Ein altes Herzogtum hatte aufgehört zu existieren und ein neues war entstanden. Der Vertrag wurde am 12. November 1826 von den beteiligten Herzögen im Schloss Hildburghausen unterschrieben und rechtskräftig. Ernst I. war nun regierender Fürst des neu entstandenen Doppelherzogtums *Sachsen-Coburg-Gotha*. Er brachte zwei Söhne mit, der ältere der ebenfalls Ernst hieß und seinen jüngeren Bruder Albert. Beiden Söhnen winkte eine glorreiche Zukunft. Für Gotha und seine Bewohner brach eine neue Zeitrechnung an.

Der neue Herzog

Gotha, Frühjahr 1827

Aufregende Jahre lagen hinter der kleinen Residenzstadt Gotha. Waren zwar die Wirren der napoleonischen Kriege vorbei kam das kleine Herzogtum doch nicht zur Ruhe. Gleich zwei Herzöge waren innerhalb kürzester Zeit verstorben und regiert wurde fast ausschließlich per Notdekret von den herzoglichen Ministern. Ein Zustand wie dieser war in einer solch aufwühlenden Zeit gewiss kein förderlicher. Als Schicksalsjahr für Gotha entpuppte sich jedoch 1826 denn ab dann ging es bergauf.
Der letzte Herzog von Sachsen-Gotha-Altenburg war gestorben und damit die Linie erloschen. Ihm nachfolgen sollte der Coburger Herzog Ernst I. Er regierte fortan das neu geschaffene Herzogtum Sachsen-Coburg-Gotha, was sich für die Entwicklung von Gotha und den dazugehörigen Ländereien als Glücksgriff erweisen sollte. Ernst I. und sein Bruder Leopold, welcher kurze Zeit darauf König der Belgier werden sollte, hatten als Bundesfürsten gegen Napoleon gekämpft, waren jung

und gebildet und die Erziehung, welche sie genossen hatten, stand ganz im Zeichen ihrer Zeit. Zu Leopold und Ernst gehörten ebenfalls die beiden Schwestern Juliane und Victoire. Juliane war russische Großfürstin und Victoire die Herzogin von Kent und Mutter der späteren Königin Victoria. Ernst nahm an der Doppelschlacht von Jena-Auerstedt und später als preußischer General an der Völkerschlacht von Leipzig teil, vertrat die Interessen seines damaligen Herzogtums beim Wiener Kongress und hatte Verbindungen in die höchsten Kreise europäischer Macht. Er brachte nicht nur frischen Wind und Tatkraft nach Gotha, sondern auch zwei Söhne; Ernst und Albert, acht und sieben Jahre alt.

Mit dem Schiedsspruch des Sächsischen Königs von 1826 wurde Ernst I. der rechtmäßige Herzog und es galt nun das neu erworbene Herzogtum zu übernehmen und zu formen. Aus diesem Grunde wurden noch im selben Jahre die herzoglichen Schlösser bezogen und Ernst I. war mit Beginn des Jahres 1827 bemüht, seine gothaer Untertanen auch persönlich kennenzulernen. So wurden alle Funktionsträger des Landes nacheinander zu Hofe geladen und zügig wurde das coburg-gothaische Staatsministerium gegründet und die Verwaltung neu gegliedert. Alle Zeichen standen auf Erneuerung. Der Herzog selbst war

Herzog Ernst I. von Sachsen-Coburg-Gotha

grundsätzlich leutseliger Natur und vermied auch den Kontakt mit dem einfachen Volke nicht. Vergnügungssüchtig, wie er veranlagt war, durchstreifte er gelegentlich auch seine Residenzstädte Gotha und Coburg. Gotha war ihm natürlich aus früheren Jahren grundsätzlich bekannt, doch war er da vorwiegend als Gast gekommen.

Auf einem seiner Ausflüge, in Begleitung seines Bruders Leopold, kam er nicht umhin in das viel gerühmte Gasthaus *Zum Schützen* einzukehren, von welchem die Gothaer in höchsten Tönen schwärmten. Die Wirtsfamilie Joel sei volkstümlich und kenne sich mit den Zuständen und Eigenheiten in Stadt und Land bestens aus. So machten sich die beiden hohen Herren in Begleitung einiger weniger Hofbediensteter auf den Weg zum Gasthof.

Heinrich Joel, mittlerweile ergraut, führte den Gasthof noch immer mit sicherer Hand. Die Herren traten ein. Nach all den Jahren des Wirtsdaseins war Heinrich Joel nicht scheu bei hohem Besuch und reagierte, wie man ihn kannte: untertänig, aber volkstümlich. Als die Brüder das Lokal betraten, Ernst als Herzog vornweg, war zwar deutlich zu sehen, welches Standes sie waren, jedoch waren sie jung, athletisch und gebildet und so war es eine seltsam angenehme Aura, welche in den Raum kam. Natürlich war *jung* ein relativer Begriff aber mit zweiundvierzig war Ernst jung für einen Herzog und auch sein Bruder Leopold war mit sechsunddreißig im besten Alter. Heinrich Joel hatte schon einiges vom neuen Herzog gehört und war nach all den Jahren durchaus fähig, zwischen handfesten Aussagen und Geschwätz zu unterscheiden. Der Anblick der jungen Herren bestätigte ihn in seinem positiven Gefühl und so trat er ihnen offen und freundlich gegenüber.

„Willkommen im Gasthaus zum Schützen, Euer Durchlaucht!", sprach Heinrich sie freundlich an. Ernst schmunzelte, während er seine dünnen Lederhandschuhe auszog und zusammenlegte. Beide Brüder standen nun im Gastraum zwischen Tür und Tresen, das Gefolge etwas dahinter, noch halb in der Tür. Alle trugen bürgerliches Zivil, schwarz und gedeckt. Ernst und Leopold trugen einen Gehrock mit Stehkragen und lederne Halbschuhe.

„Bürger Joel, wie ich annehme! Es freut mich, Euch endlich persönlich kennenzulernen. Halb Gotha spricht von Euch… ach was sage ich… *ganz* Gotha spricht von Euch. In der Vergangenheit hatte ich leider nie das Vergnügen, Euch zu beehren!", sprach Ernst bestimmt aber wohlwollend.

„Gewiss habt Ihr da etwas verpasst!“, sagte Heinrich und lachte. „Aber tretet ruhig ein und nehmt Platz!“
Es war ein Dienstagvormittag und das Gasthaus dementsprechend leer. Heinrich Joel wies der Gesellschaft einen Tisch in der Mitte zu, Ernst und Leopold besetzten die Stirnseite, die übrigen Begleiter die Seiten. Die Mäntel und Hüte wurden abgelegt und man setzte sich zu Tisch. Als überraschender Gast und Aushilfe war Heinrichs Sohn Johann heute im Schützen, sodass das übrige Personal einen freien Tag hatte. Offengestanden hatten weder Vater noch Sohn heute überhaupt mit einer übermäßigen Zahl an Gästen gerechnet. Johann hatte einige Jahre fremde Länder bereist und war selbst Gastwirt in verschieden Gasthäusern in Nah und Fern gewesen, ohne jedoch bisher trotz seiner dreiunddreißig Lenze eine feste Bleibe gefunden zu haben. Wenn er in Gotha weilte, besuchte er Vater und Mutter und half im Gasthaus aus. Der heutige Besuch war ganz nach Johanns Geschmack.
„Was darf es sein, Hoheit?“, fragte Heinrich am Tisch stehend.
Der Herzog blickte in die Runde, studierte die Gesichter seiner Begleiter und sprach: „Nun, es ist doch recht frisch dort draußen und daher würde

ich vorschlagen, wir beginnen mit einer stärkenden Suppe oder einem Eintopf, was meint Ihr?"
Heinrich Joel studierte ebenfalls die Gesichter, welche tatsächlich etwas fröstelnd wirkten und bekräftigte unterstützend: „Eintopf? Gewiss, ich habe gestern erst selbst unseren hausgemachten angesetzt, der gibt Kraft!"
Ernst hatte noch immer die Gesichter seiner Begleiter im Blick. „Kraft können wir immer gebrauchen! Und bringt uns ein paar Flaschen Eures besten Rotweins."
Heinrich lachte und sprach: „Mein Sohn ist schon längst auf dem Weg in den Keller. Erst neulich ist ein Fass vom besten Wein der Unstrut angekommen, welches ich mit meinem Sohn sogleich ausführlich einer Qualitätsprüfung unterzogen habe."
Ernst nickte angetan und Heinrich ging ab. Der Eintopf wurde gebracht und der Wein ausgeschenkt. Die Tischgesellschaft war in ausgiebige Gespräche vertieft. Heinrich und Johann standen am Tresen und beobachteten das Treiben mit großer Genugtuung. Nach einer guten Stunde rückten die Stühle und man bereitete sich zum Aufbruch. Johann begann die Mittagstafel abzuräumen. Der Herzog schritt langsam, aber zielstrebig hinüber zu Heinrich Joel, während er sich eine Pfeife stopfte. Joel war klar, dass Ernst sich als

Herzog gewiss nicht immer so abseits des Protokolls verhalten konnte wie an diesem Tage, doch war er als volksnah bekannt und schließlich war außer ihnen keiner da. Ernst blieb vor dem Tresen stehen und stopfte weiter seine Pfeife. Ohne Joel anzuschauen, sprach er: „Nun, lieber Joel, ich muss sagen, dass die hohen Töne, in welchen man Euch lobt, nicht zu hoch gegriffen sind! Der Eintopf war köstlich und der Wein vorzüglich!" Er stopfte die Pfeife zu Ende und wühlte in der Manteltasche nach seinen Schwefelhölzchen. Heinrich war schneller, zog seine aus der Schürze und steckte dem Herzog die Pfeife an. Ernst paffte mehrmals, bis die Glut hell flackerte und eine köstlich duftende Rauchschwade den Raum füllte. Er nahm die Pfeife aus dem Mund und sprach: „Mein guter Joel, das wird nicht mein letzter Besuch bei Euch gewesen sein. Ein guter Herzog kann schließlich nicht nur bei Hofe weilen, da zu langes Bei-Hofe-Weilen bis weilen zu *Langweil* führt, wenn Ihr versteht. Ihr scheint mir ein guter Wirt zu sein und so wäre es nur recht, wenn ich euch des Öfteren beehren würde. Wie man mir sagte, seid Ihr bestens vertraut, mit dem Quäntchen Volksnähe und Einblick, welchen man in einem solch kleinen Städtchen braucht." Die linke Augenbraue nach oben gezogen und schmunzelnd, zog Ernst abermals an seiner Pfeife.

Heinrich Joel, welcher sich seit jeher von Obrigkeiten nicht einschüchtern ließ erkannte den warmen und ehrlichen Charakter der Worte des Herzogs und bekundete aufrichtig: „Hoheit, welch Tor müsste ich sein, diesem Wunsch abschätzig gegenüberzustehen. Einblick in die Volksseele habe ich hier genug und auch die Qualität meiner Lieferanten sollte Euren herzoglichen Bedürfnissen genügen."

Während der Unterhaltung kam Johann mit den Tellern in Richtung des Tresens gelaufen. Ernst musterte den jungen Joel, welcher jedoch nur gute acht Jahre jünger war als er, fast so alt wie Leopold. „Und wer ist dieser junge Recke?", fragte er. „Das ist mein Sohn Johann Friedrich Joel, er hilft hier aus, da er selbst gerade keine eigene Wirtschaft führt.", erklärte Heinrich väterlich.

Johann blieb stehen, stellte die Teller ab und grüßte den Herzog. Mit einem breiten Grinsen sprach er den Herzog an: „Ernst der erste seid Ihr? Als ich geboren wurde, hatten wir Ernst zwo. Aber ich glaube der war´n anderer Sachse, nich von Coburg. Komische Reihenfolge bei den Obrigkeiten"

Vater Heinrich wurde puterrot und mit der flachen Hand schoss er seinem Sohn reflexartig über den Hinterkopf, dass dieser zuckte, „Auwaaa!" rief und sich sogleich die Stelle rieb. Waren ihm die Faxen seines Sohnes bei den normalen Gästen egal und manchmal sogar recht, stand hier schließlich der Herzog vor ihm. Ernsts Vorgänger hatten es nie für nötig gehalten, die Wirtschaft aufzusuchen und da konnte man doch diesem hohen Gast nicht so respektlos gegenübertreten. Was Heinrich Joel jedoch in diesem Moment vergaß war, dass er selbst als junger Mann nicht besser gewesen war und er hier gerade nur in sein eigenes Spiegelbild blickte. Wie würde der Herzog reagieren? Heinrich blickte nervös zu ihm herüber.

Ernst stockte kurz, hatte er doch eine solch forsche Ansprache nicht erwartet. Nachdem er sich berappelt hatte, brach er jedoch in schallendes Gelächter aus. Zustimmend nickend und mit der Pfeife als Zeigefingerersatz deutete er Johann die Richtigkeit seiner Aussage. „Wohl wahr, junger Joel! Bei den vielen Ernsts, Bernhards und Augusts von Sachsen-Weimar, Gotha, Meiningen, Altenburg und Wolkenkukuksheim komme ich selbst oft durcheinander! Aber seid Euch gewiss, mich werdet Ihr als Herzog von Sachsen-Coburg und Gotha noch eine Weile als Herrscher wissen.“ Ernst bedankte sich höflich für die gute Bewirtung, sein Bruder zahlte die Rechnung und so schnell wie der Tross gekommen war, verließ er das Gasthaus *Zum Schützen* auch wieder. Vater

Joel hielt seinem Sohn noch eine Standpauke über gute Manieren, nicht wissend, dass gerade sein Auftritt und seine Antwort der Familie Joel zu einer engen und langjährigen Verbindung mit dem Herzog und seinen Söhnen verhalf und schlussendlich Johann Friedrich Joels Leben nachhaltig verändern würde – auch wenn dafür noch einige Jahre ins Land gehen müssten.
Herzog Ernst war als Landesvater noch oft zu Gast bei Heinrich Joel und dieser wurde ihm nach und nach zum Garanten für gute Gesellschaft und unterhaltsame Runden. Als Wirt und viel mehr als Mensch verstand Heinrich Joel sich als unterhaltsamer Gesprächspartner und geistreicher Gastgeber. Stets seiner Stellung bewusst, nie zu forsch, hatte er ein ausgeprägtes Talent zur Kurzweil für den Herzog und dessen Gefolge. Dies waren Eigenschaften, welche er seinem Sohn nachdrücklich einimpfte und welche dieser in den folgenden Jahren noch weiter vervollständigen sollte. So oft Ernst auch das Gasthaus besuchte, wurde er künftig nicht mehr von seinem jüngeren Bruder Leopold begleitet, denn dieser war 1831 zum König der Belgier gewählt worden.

Der Rennsteig

September 1829

Ernsts Regentschaft ging voran und Projekte wurden zielstrebig umgesetzt. Ein Problem des Herzogs war jedoch der Umstand, dass seine beiden Herzogtümer Gotha und Coburg keine geografische Verbindung zueinander hatten und auch die Fahrt von einem zum anderen von erheblich Strapazen geprägt war. Wollte man von Gotha nach Coburg reisen, so musste man entweder durch Meininger Gebiet oder über das kleine Bergdorf Oberhof und den südlichsten Zipfel des Gothaer Landes, Zella St. Blasii und über das preußische Suhl fahren. Ebenfalls problematisch waren hierbei die Zollfragen und die Durchmarschrechte des Militärs. Hinzu kam, dass das alte gothaische Amt Schwarzwald seit guten zweihundert Jahren nicht mehr im gleichnamigen Ort bei Ohrdruf lag, sondern jenseits des Bergmassivs in Zella St. Blasii. Dies hatte die Verwaltung des Amtes, zumindest in geografischer Hinsicht nicht gerade erleichtert. Ernst fasste den Entschluss, dass eine Chaussee

gebaut werden müsse, um das gothaische Kernland mit Zella zu verbinden und die Reise nach Coburg zu erleichtern. Die Voraussetzung hierfür war jedoch Kenntnisse über die geografischen Begebenheiten auf den Höhen des Thüringer Waldes. Ernst überlegte seit geraumer Zeit und sein Entschluss reifte. Da das geplante Unterfangen zwar von großem Nutzen sein, aber auch enorme Kosten mit sich bringen würde, so sollte die operative Planung keinem unerfahrenen Laien überlassen werden. Die Kostenfrage war jedoch von nachrangiger Bedeutung denn dabei würde das Königreich Preußen einen gehörigen Beitrag leisten. Genaugenommen trugen die Preußen nahezu alle Kosten des geplanten Straßenbaus. Preußen versuchte zu dieser Zeit einen einheitlichen Deutschen Zollverein zu forcieren, um den Warenverkehr und den Binnenhandel zu erleichtern, was auch den Straßenbau unterstützte.
Weiterhin war Preußen stark daran gelegen, ihre Exklave Suhl, eine der Waffenkammern Preußens, transportlogistisch und zolltechnisch besser zugänglich zu machen. Somit war der Straßenbau zum Gegenseitigen Nutzen und Ernst wäre töricht gewesen, die Unterstützung der zahlungskräftigen Preußen nicht in Anspruch zu nehmen. Ihm war auch sofort klar, wen er mit dieser Aufgabe betrauen würde. Mit der Übernahme des

Herzogtums hatte Ernst selbstverständlich auch das Gothaer Militär übernommen. Zwar hatten die Gothaer zu Napoleons Zeiten auf Seiten des selbigen gekämpft, wohingegen er als preußischer General auf der Gegenseite stand, dies schmälerte jedoch aus seiner Sicht nicht die Leistung der Gothaer Offiziere. Schließlich war auch damals der Krieg nur die Fortsetzung der Politik mit anderen Mitteln. Besonders angetan hatte es ihm ein junger Hauptmann, welcher bereits im Alter von sechzehn als Leutnant gegen die Truppen Neidhardt von Gneisenaus gekämpft hatte. Später kämpfte er in Tirol, Spanien und Russland und nach dem Seitenwechsel des Herzogtums und weiterer sächsischer Fürsten schließlich in Leipzig gegen Napoleon. In Tirol und den Bergen der Alpen hatte er sein Interesse für Kartografie entdeckt und dieses Fach in der Zeit nach dem Krieg ausgiebig studiert. Ernsts Entschluss stand fest und so öffnete er die Tür seines Arbeitszimmers, blickte in den Flur und rief den Bediensteten zu: „Schickt Plänckner zu mir!"
Keine dreißig Minuten später klopfte es. „Herein!", ließ Ernst verlauten. Ein eleganter Soldat in schlichter Uniform betrat den Raum. Der Körperbau war drahtig, aber gesund. Ein blonder Spitzbart säumte das Kinn des Eintretenden und sein Haupt bedeckte dünnes, ebenfalls blondes Haar.

Das Erscheinungsbild des Herren war schneidig und gepflegt, die Gesichtszüge markant und der Blick ehrerfüllt und klug jedoch auch warm und freundlich. Unter dem linken Arm klemmte sein Zweispitz und die rechte Hand führte er am Schaft seines Säbels. Zügigen Schrittes trat er ein und kam auf Ernst zu. Einige Meter vor ihm blieb er stehen und hob seine Hand zackig zum militärischen Gruß, während er die Hacken zusammenschlug. „Hauptmann von Plänckner meldet sich wie befohlen, Eure Durchlaucht!"

Ernst war begeistert und zweifelte keine Sekunde an seinem Vorhaben und dem Erfolg durch das Wirken dieses Hauptmanns.

„Plänckner, sehr gut, dass Sie da sind! Wie ich hörte, sind Sie mit der Kunst der Kartografie und der Vermessung vertraut, ist das richtig?"

„Jawohl Durchlaucht. Mit einiger Erfahrung diesbezüglich kam ich aus dem Krieg zurück. Bereits in Tirol haben wir einige Straßen und Berge vermessen. Ich habe mein Wissen nach dem Kriege vertieft."

Ernst nickte wohlwollend.

„Das ist hervorragend! Ich brauche Sie!"

Ernst deutete dem Hauptmann mit ausgestreckter Hand, sich seinem Schreibtisch zu nähern. Auf diesem Lagen Karten der herzoglichen Ländereien.

„Wir erwägen den Bau einer Chaussee von Ohrdruf über Oberhof nach Zella St. Blasii. Uns scheint dies der kürzeste Weg zu sein, um eine bequemere Reise über das Bergmassiv zu ermöglichen und die beiden Ämter zu verbinden. Was haltet Ihr davon?"

Plänckner schmunzelte. Offenkundig traf diese Idee seinen Nerv und möglicherweise hatte er diese Überlegung bereits selbst angestellt. Zielsicher schritt er auf die Karte zu, beugte sich tief über den Tisch und wies dem Herzog mit einem kleinen Zeigestock einen adäquaten Weg über die Höhen des Rennsteigs. Plänckner schien in seinem Element. Ernst war positiv überrascht und fühlte sich abermals in seiner Entscheidung bestätigt. Als ob er einen Knopf gedrückt hätte, setzte Plänckner zu einem Monolog an und erläuterte seinem Herzog den Sachstand, gleich einer militärischen Lageeinweisung. Für Ernst war dies ein wünschenswerter Umstand, schätzte er doch die militärische Präzision und hätte sich bei so mancher Frage an seinen Hofstaat eine ähnliche knappe Antwort gewünscht.

Plänckner führte aus:

„Mein Herr, die Grundvoraussetzung für euer Vorhaben ist zunächst die Vermessung des Rennsteigs. In vielen Gedichten erwähnt und in vielen Liedern besungen, gibt es doch keinerlei wissenschaftliche Erhebungen über den Höhenzug. Ich habe bereits vor einiger Zeit eine wissenschaftliche Beschreibung vorgenommen und die wesentlichen geografischen Punkte beschrieben. So liegen aus meiner Sicht die geografischen Grenzpunkte des Höhenzuges in Hörschel bei Eisenach und in Blankenstein an der Saale. Auf dem dazwischenliegenden Gebirgszug gibt es einige breitere und einige schmalere Stellen, auf welchen eine Querung desselben nördlich-südlich möglich wären. Auch Napoleon selbst sah sich 1806 mit diesem Umstand konfrontiert und hatte bereits eine mögliche Route über Zella nach Oberhof erwogen, sich schlussendlich aber für Saalfeld entschieden. Die grundlegenden Parameter sind klar. Allein war es mir bisher nicht möglich, diese Erkenntnisse mit Forschung und Messung zu untermauern. Eure Vorgänger hatten hierfür leider keinerlei Sinn, wenn Ihr diese Bemerkung erlaubt. Gebt mir Mittel und Auftrag und ich werde euch den Rennsteig vermessen, kartografieren und beschreiben. Dies wäre nicht nur von wirtschaftlichem Nutzen, sondern auch militärisch und politisch relevant, denn schließlich sollte ein Herrscher wissen, wo die geografischen Grenzen seines Landes liegen. Haben wir dies geschafft, ist es ein Leichtes, den geplanten Straßenbau zu

organisieren und zu prüfen, ob die beabsichtigte Route die bestgeeignete ist."
„Das klingt hervorragend!", antwortete Ernst energisch. „Ihr sollt die benötigten Mittel alsbald bekommen, schließlich ist das geplante Vorhaben für uns elementar. Wie viel Vorbereitungszeit benötigt Ihr?"
„Mein Herr, die wichtigsten Wegpunkte sind ermittelt und meine Aufzeichnungen habe ich schon vor einiger Zeit abgeschlossen. Ich benötige lediglich ein wenig Reisegepäck sowie ein wenig Geld und könnte bald beginnen."
Ernst war zufrieden und sicher, dass die benötigten Mittel bei Hauptmann von Plänckner in den besten Händen wären. Er erteilte ihm den Auftrag. Nach wenigen Tagen trat Plänckner seine Reise an. Die Hofbeamten statteten ihn mit Geld aus und auch der Proviant wurde gestellt. Zudem erhielt Plänckner ein Schreiben des Herzogs, welches dieser selbst unterschrieben hatte, worin der Leser aufgefordert wurde, Hauptmann von Plänckner im Namen der Wissenschaft bei seinem Unterfangen zu unterstützen oder zumindest nicht an diesem zu hindern. Das Vorgehen war nicht unüblich obschon Plänckner im Zuge seiner Wanderung mehrere fremde Herzogtümer und Territorien würde durchschreiten müssen. Zwar war dies für Handels- und Forschungsreisende

grundsätzlich kein Problem, könnte man Pläanckner als Militär im Auftrag des Herzogs doch gleichsam militärische Spionage unterstellen. Pläanckner selbst war jedoch erfahren und souverän genug, dass dies wohl kein Problem sein würde. Nachdem er sein Gepäck verstaut hatte, machte er sich sogleich auf den Weg nach Blankenstein.

Rennsteig, 24. September 1829

Pläanckner hatte seine Wanderung begonnen und den beschwerlichen Weg von Blankenstein bergan hinter sich gebracht. Er selbst hatte sich für jeden Tag ein straffes Programm gesetzt. Der September war nicht sonderlich kühl in diesem Jahr und nach dem Russlandfeldzug konnte ihn dahingehend sowieso nicht mehr viel erschrecken. So reichte ihm leichtes Gepäck und er kam zügig voran. Aufgrund der sehr guten Vorarbeit und eines intensiven Studiums der vorhandenen Karten, sowie einiger Reiseberichte aus der Vergangenheit, fand er sich gut zurecht und fand fast fehlerlos den Hauptpfad des Rennsteigs. War er unsicher, versuchte er eine naheliegende Behausung oder Einheimische zu finden und fragte höflich nach dem Weg. Auch wenn den Gefragten nicht immer klar war, dass es sich beim gesuchten Weg um den Rennsteig handelte, konnten sie ihn doch zumeist trotzdem beschreiben. Fast durchgängig war dieser Gebirgspfad schließlich ein Grenzweg zwischen verschiedenen Gebieten und diese Grenzen waren den Anwohnern meist bekannt, endeten hier doch auch stets die Forst- und Weiderechte der jeweiligen Gemarkung. Pläncker schrieb eifrig mit, fertigte umfangreiche Aufzeichnungen an und kartografierte die absolvierte Strecke. Auf einigen Teilabschnitten dienten ihm auch die historischen Grenzsteine als stichhaltige Anhaltspunkte. War der gesuchte Pfad zumeist ein gängiger Fuhrweg und in Teilen sogar chaussiert, hatte man vor allem in den Höhenzügen des mittleren Rennsteigs doch oftmals Not, jenen schmalen Trampelpfad von anderen Wildererpfaden zu unterscheiden.

Während seiner Reise hatte Pläncker auch Gelegenheit seinen Gedanken freien Lauf und den Blick abseits der Kartografie auf Flora und Fauna schweifen zu lassen. Wie er so seines Weges schritt, kam ihm die Geschichte dieses Höhenzuges in den Sinn, welche er im Vorfeld ebenfalls ausgiebig recherchiert hatte. Neben seinem Interesse für Naturwissenschaften war er schließlich auch begeisterter Historiker. So wusste er, dass der Rennsteig erstmals 1330 in einer, aus

Schmalkalden stammenden Urkunde als *Rynnestig* erwähnt wurde. War die Namensherkunft auch nicht sicher zu belegen, so liegt doch nahe, dass die Herkunft beim Jägerwort *Rain* im Sinne von *Grenze* zu suchen sei. Schließlich bildete der Rennsteig als Kammpfad des Thüringer Waldes seit Anbeginn die Grenze zwischen dem obersächsischen Thüringen und dem fränkischen Henneberger Land. Was ihn jedoch fast ebenso sehr interessierte, wie die geografischen und historischen Fakten war der Umstand, dass jene Grenze zwischen Sachsen und Franken eine der härtesten Sprachgrenzen ganz Europas darstellte, was gerade für das neue Doppelherzogtum Coburg-Gotha einen Hauch von Amüsement innehatte.

Pläncker hatte in Rodacherbrunn und Limbach jeweils eine kurze Rast eingelegt und am dritten Tag bereits Schmiedefeld passiert. Er hatte den Schneekopf als Ziel gewählt, da der Herzog erst ein Jahr zuvor einen zwanzig Meter hohen, hölzernen Aussichtsturm hatte errichten lassen. Diesen wollte er besteigen und die umliegenden Berggipfel studieren. Doch an diesem Abend war das aufgrund der eintretenden Dunkelheit nicht möglich. Nebel zog auf. Während seiner Wanderschaft wiesen ihm die wenigen, spärlich platzierten Wegweiser, dass es nur noch wenige

Kilometer bis zur Schmücke sind. Ihm wurde gewahr, warum ihn dieses Gebirge so faszinierte. War tagsüber eine malerische Gebirgs- und Waldlandschaft zu sehen, so konnte innerhalb kürzester Zeit dichter Nebel aufziehen und die Sicht auf wenige Meter schwinden. Dies war zumeist am Morgen oder dem Abend der Fall. So auch heute. Plänckner lief mit sicheren Schritten den schmalen Gebirgspfad entlang. Der Boden knirschte unter seinen eisenbeschlagenen Bergschuhen. Er schlug seinen Kragen hoch und zog den Hals etwas ein, denn die eintretende Kälte zog ihm doch etwas in die Glieder. Der Nebel wurde dichter. Konnte er zunächst noch die dritte und vierte Baumreihe der großen Fichten rechts und links des Weges sehen, so war es dann nur noch die zweite und zu guter Letzt erblickte er nur noch jene Bäume, welche direkt am Wegesrand standen. Es dämmerte.

Seit Stunden vernahm er kein einziges Geräusch außer seinen Stiefeln und seinem Stock, kein Mensch, kein Tier. Allein das Pfeifen des Windes in den Wipfeln der Bäume war zu hören. Plänckner kam nicht umhin zu schmunzeln, musste er doch an seine Zeit in Russland denken. Das monotone Einspicken seines Wanderstocks gab ihm den Takt seiner Schrittzahl vor und lenkte ihn ab. Obgleich er Strapazen gewohnt war, war es doch

ein langer Tag und er hoffte auf die baldige Ankunft auf der Schmücke. Plänckner summte ein Lied.
Unmittelbar vor der Schmücke, welche vornehmlich als *Viehhaus* oder *Viehhof* in den Karten eingetragen war, lag die Grenze zwischen dem preußischen Suhl und dem Herzogtum Gotha, das sogenannte *Mordfleck*. Neben dem nichtssagenden Namen *Viehhaus* war auch dieser geografische Punkt für Plänckner ein Beweis für die Notwendigkeit einheitlicher und präziser Karten. Für den angepeilten Wegpunkt waren ihm im Zuge seiner Recherchen allein drei unterschiedliche Namen untergekommen. Neben der gängigsten Bezeichnung *Mordfleck* fand sich gleichsam auch *Moorfleck*, was zum hydrologischen Charakter jener immer feuchten Hochwiese passen würde, schließlich lagen hier die Quellen von *Ilm (Freibach)* und *Lauter*. In alten Karten war jedoch auch als weiterer Name *Mond Fleck* zu lesen, was nicht minder zu fantasievollen Überlegungen der Namensherkunft anregte. Als er die Wiese erreicht und in seinen Unterlagen verzeichnet hatte, erblickte er einen Wegweiser, welcher ihm den Weg zum *Viehhaus* wies – die Schmücke war also nicht mehr weit.
Nach einer guten halben Stunde konnte er im dichten Nebel einen fahlen Lichtschein erblicken.

Um ihn herum war es mittlerweile dunkel geworden. Ihm war klar, dass dies die Schmücke sein müsse, war diese doch, abgesehen vom Holzhauerdörfchen Gehlberg die einzige Behausung weit und breit. Aus seinen Recherchen wusste er, dass der Gasthof auf der Schmücke das höchstgelegene Gebäude des Gothaer Landes war, selbst höher als der Inselsberg. Naja… Gasthof… dachte er bei sich. Er war gespannt darauf, was ihn erwartete, kannte er die Schmücke doch bisher nur von Beschreibungen. Der Lichtschein kam näher. Nach wenigen Schritten tauchte die Silhouette einer Hütte aus dem Nebel auf. Dies war sie also… Er stand vor einer windschiefen Holzbaracke mit angebautem Stall umgeben von einigen Holzschuppen. Zumindest konnte er letztere nur erahnen. Die Fenster des Hüttchens waren aus Bleiglas und hindurch schimmerte der Schein einiger weniger Kerzen und Lampen. Im Stall konnte er das Rascheln des Heus und die sanften Bewegungen des Viehs hören. An der Tür prangte ein hölzernes Schild *Gastwirtschaft*. Plänckner trat ein.
Der Gastraum war holzvertäfelt und verwinkelt. Eine überschaubare Anzahl an Tischen und Stühlen, eine langgezogene Eckbank und ein kleiner Tresen füllten den Raum. An letzterem stand der Wirt, ein feister, älterer Mann mit Schürze und Halbglatze. Er polierte ein Glas. Ernst blickte er

den fremden Gast an und trotz der wohlgeformten, roten Backen, konnte er seine Überraschung nicht verbergen. Plänckner blieb gelassen, derartige Situationen waren ihm vertraut. Er trat in den Raum und blickte sich um. In einer Ecke saßen einige Fuhrleute beim Bier und nachdem sie kurz stockten, den Eintretenden anblickten und Plänckner ihnen wohlwollend zunickte, widmeten sie sich sogleich wieder ihrem Gespräch und ihrem Bier. Auch der Wirt hatte sich berappelt und sprach Plänckner an.

„G… Gu… Guten Abend, der Herr! Ich hatte so spät nicht mehr mit Gästen gerechnet!“

Plänckner schmunzelte und sprach: „Na, na! Als Wirt muss man immer mit Gästen rechnen!“

„Sicher.“, antwortete der Wirt verlegen. „Was wünscht Ihr?“

„Ich benötige nicht viel. Eine warme Mahlzeit, ein Glas Wein und ein Quartier für die Nacht. Ich zahle gleich und werde am Morgen sehr früh aufbrechen. Ich werde Euch also wenig Arbeit bescheren.“

Der Wirt kratzte sich an seinem dicken Kopf.

„Naja Essen und Wein sind kein Problem, aber Quartier… wir haben keine Fremdenzimmer oder sowas hier. Hier kommen eigentlich nur die Fuhrleute lang, um ihre Pferde zu wechseln und was zu essen!“

Plänckner setzte eine wohlwollende Miene auf, um dem Wirt entgegenzukommen.
„Keine Sorge, mir reicht ein Heubett in eurem Stall. Ich bin Kummer gewöhnt! Ich werde Euch natürlich dafür bezahlen, das soll kein Problem sein."
Der Wirt stutzte kurz, war er sich doch nicht sicher, ob sich wiederum sein Gegenüber sicher war, dass ihm ein Heubett reiche.
„Ähm.. ja… also… dann… dann nehmt doch bitte Platz. Ihr habt Glück, ich habe noch ein schönes Stück Rehbraten in der Küche, das bringe ich Euch gleich!" Der Wirt eilte in die Küche.
Plänckner zog seinen Mantel aus, legte seinen Hut ab, stellte seinen Beutel neben den Tisch und setzte sich. „Rehbraten…", dachte er sich und hatte ein schelmisches Schmunzeln im Gesicht. „Das ist das Schöne im Wald, hier ist das Wildbret nicht weit." Woher der Wirt dies jedoch hatte, wollte er lieber nicht erfragen. So musste wohl ein Böcklein des Herzogs auf wundersame Weise tot umgefallen sein. Ihm sollte es recht sein, hatte er doch schließlich einen Bärenhunger. Der Wirt brachte das Essen. Plänckner beobachtete ihn. Er war nicht unfreundlich aber wirkte doch recht tollpatschig und chronisch verunsichert, was merkwürdig war für einen Wirt an solcher Stelle. Hier oben gab es gewiss viel Verantwortung und

die Gäste waren sicherlich auch nicht immer gesitteter Natur. Da bedurfte es doch eigentlich eines selbstsicheren und schlagfertigen Gesellen als Wirt. Aber es war heute nicht Plänckners Aufgabe, darüber tiefsinniger zu sinnieren. Das Essen war vorzüglich und der Wein für diese Umstände auch recht annehmbar. Als Teller und Glas geleert waren, kam der Wirt mit einem tönernen Krug zu Tische, um nachzufüllen, was Plänckner dankend annahm.

„Sagt mir, der Schneekopf ist nicht weit von hier, nicht wahr?"

„Ja, mein Herr, das sind nur ein paar hundert Meter da vorn den Weg lang. Halbe Stunde, seid Ihr da." Der Wirt wies mit dem Daumen über die Schulter in die Richtung des Schneekopfs.

Plänckner bedankte sich für Speis und Trank, bezahlte seine Zeche und nach dem er sich auch höflich von den Fuhrleuten verabschiedet hatte, bezog er sein spartanisches Quartier. Der Geruch des Stalls erinnerte ihn zu sehr an seine Jugend, als dass es ihn stören könnte, und die wohlige Wärme, welche die Tiere erzeugten, ließen ihn alsbald einschlafen. Die Nacht war ruhig und er schlief fast durch. Einzig das Pfeifen des Windes im holzschindelbeschlagenen Dach störte hier und da seine nächtliche Ruhe. Am nächsten Morgen erwachte er durch ein monotones Geräusch –

jemand hackte Holz. Zügig wie immer, richtete er sich auf und kramte seine Habseligkeiten zusammen. Er streckte seine etwas steifen Glieder und trat aus dem Stall. Der Anblick, welcher sich ihm bot, machte alle bisherige Mühe vergessen. Es war ein kühler, klarer Septembermorgen und das Licht zeugte bereits vom beginnenden Herbst. Den Blick schweifend tastete er sein Umfeld ab. Er stand inmitten mehrerer, weitläufiger Waldwiesen, umgeben von Schwarzwaldung. Die Wirtschaft, in welcher er gespeist hatte, glich vielmehr einer Sennhütte, wie er sie aus seiner Zeit in Tirol kannte. Auf den Wiesen standen Pferde und Rinder, welche seelenruhig grasten. Vor der Wirtschaft fielen die Wiesen steil ins Tal ab und am gegenüberliegenden Hang konnte er einen Felsen erkennen, welchen er bereits zuvor in seinen Karten als *Sachsenstein* studiert hatte.
Unweit des Hauses sprudelte eine Quelle in einen hölzernen Trog. Plänckner ging hinüber, um sich zu waschen. An einem der Schuppen stand der Wirt, welcher kurz pausierte und ihn anblickte, um sogleich weiter Holz zu hacken. Nach seiner Morgenwäsche und nachdem er seine Kleidung gerichtet hatte schritt Plänckner hinüber zum Wirt. Nach kurzem Gespräch und nochmaligem Dank für die Bewirtung machte er sich auf den Weg in Richtung des Schneekopfes. Der Wirt war

deutlich redseliger als am Vorabend und hatte ihm noch ein Stück Bergkäse aus eigener Herstellung mitgegeben. Die Nachfrage nach dem Aussichtsturm hatte der Wirt ebenfalls bejaht und so wollte Plänckner den klaren Morgen nutzen, um seinem Vorhaben nachzugehen.
Der Weg bis zum Schneekopf war nur gute zwei Kilometer lang und sollte zügig bewältigt sein, dachte er sich. Im gewohnten Trott schritt er voran und war gedanklich bereits bei seinem Zwischenziel. Dies hatte er gewählt, da der Schneekopf zwar nur der zweithöchste Gipfel des Thüringer Waldes war, doch der höchste *begehbare*. Der *Große Beerberg* war der höchste Gipfel, doch war er von einem Moor gesäumt, welches man besser nicht beging. Hatte der Beerberg eine Höhe von 982,2 Metern, konnte der Schneekopf mit 977,7 Metern ebenfalls mit stattlicher Höhe aufwarten. Aus seinen geologischen Studien wusste er, dass der Gebirgskamm hier vorwiegend aus *Quarzporphyr* bestand, welcher auf Schichten des *mittleren Rotliegenden* aufliegt und von solchem durchsetzt wird. Wie fast alle hohen Gipfel des Thüringer Waldes war folglich auch der Schneekopf vulkanischen Ursprungs. Der Herzog hatte ihn gebeten, doch nach den sogenannten und sehr beliebten *Schneekopfkugeln* Ausschau zu halten, welche er seinen Söhnen Ernst und Albert

schenken wollte, da jene ausgiebige Sammlungen von Pflanzen und Mineralien angelegt hatten. Die Schneekopfkugeln waren unscheinbare Gesteinskugeln, welche man aufschlug und sich im Inneren ein wunderbarer Quarzkristall offenbarte. Aufgrund ihres nichtssagenden Äußeren und ihrer unterschiedlichen Größe - von Walnuss- bis zu Kindskopfgröße - waren sie sehr schwer zu finden.

Unweit des Schneekopfgipfels lag ebenfalls ein Moor, im Volksmund bekannt als *Teufelskreise*. Um diesen Ort rankten sich zahlreiche schauerliche Mythen und Sagen, welche Plänckner jedoch wenig interessieren und wenn überhaupt nur amüsierten. Von viel größerem Interesse für ihn war die hydrologische Bedeutung dieses Moores, denn es bildete ein bedeutendes Wasserreservoir und beheimatete eine Vielzahl von Pflanzen, Sträuchern und Moosen, wie Heidekraut, Heidel- und Rauchbeere, dazwischen die schwarze Krähenbeere und wilder Rosmarin. Auch der rundblättrige Sonnentau war zu finden und das seltene einköpfige Wollgras. Diese Pflanzen waren insofern besonders, als dass sie Relikte der letzten Eiszeit waren und in Europa nur mehr in den Alpen und auf den höchsten Gipfeln der deutschen Mittelgebirge zu finden waren. Mit großem Interesse hatte er sich das theoretische Wissen dieser

Eigenheiten des Schneekopfs angeeignet. Das praktische Studium dieser Pflanzen musste er jedoch auf einen späteren Zeitpunkt verschieben. Wie so oft war seine Gedankenwelt umfangreicher als der zu bestreitende Fußmarsch lang war und so war er zügig zum Gipfel des Schneekopfs vorangeschritten. Von weitem konnte er den beschriebenen hölzernen Aussichtsturm sehen. Er hatte sich für diesen markanten Wegpunkt eine ausgiebige Verweilzeit eingeräumt und konnte den Anblick des Gebirges von dort oben kaum erwarten.

Der Herrgott war ihm hold und hatte ihm an diesem Morgen einen der so seltenen klaren Tage droben am Rennsteig genehmigt. Zügigen Schrittes, fast springend, eilte er die Stufen des Turmes hinauf. Seine Stiefel klackerten auf dem trockenen Holz. Der Turm war kaum ein Jahr alt und das Holz roch noch frisch. Er war etwas über zwanzig Meter hoch und überragte somit die umliegenden Baumwipfel so, dass man eine gute Rundumsicht hatte. Oben angekommen, war Pläncker leicht außer Atem, aber abermals entschädigte der Anblick für alle Mühen. Um sich herum sah er nichts als Bäume, Bäume, Bäume. Ein weites Hügelmeer in blaugrünem Tannengrün. Dunkle Talgründe durchtrennten die Flächen des Hochwalds. Der

Anblick offenbarte den Charakter des Thüringer Waldes als langgezogenes Kammgebirge. Plänckner ging das Herz auf. Es gab kaum eine Gelegenheit wie diese, das theoretische Studium der Geografie und Geologie mit derart praktischem Anblick zu verbinden. Begeistert und mit höchsten Glücksgefühlen wusste er nicht, wohin sein Auge zuerst blicken sollte. Eifrig und fast ohne den Blick von Horizont abzuwenden, kramte er seine Aufzeichnungen und Kartenskizzen heraus. Notdürftig legte er diese auf das hölzerne Geländer, der Wind ließ die Ecken des Papiers aufbäumen. Mit der flachen Hand straffte er die Karte und mit wanderndem Blick – Horizont, Karte, Horizont, Karte – verglich er das vor ihm liegende mit seinen Aufzeichnungen. Nachdem er die Himmelsrichtung ermittelt hatte, konnte er die Berge bestimmen. Im Westen lag der Beerberg, groß und mit breitem Rücken, im Südwesten das Grabfeld. Er erblickte den eingefallenen Berg bei Themar ebenso wie den Schneeberg hinter Suhl noch vor dem Kleinen und Großen Gleichberg. Über die Sichtlinie in der Karte fand er im Süden die Schlösser Heldburg, Kahlenberg, Hohenstein und den Staffelberg, Vierzehnheiligen und die Veste Coburg. Der Blick schweifte in die nähere Umgebung. Ganz in der Nähe lag der Große Finsterberg, und der bereits am Morgen erblickte

Sachsenstein. Unweit daneben die Felsspitze, genannt Seiffartsburg. Abermals über die Karte ermittelte er die Lage des Ortes Masserberg und blickte auf das, dahinterliegende Fichtelgebirge samt Schneeberg und Ochsenkopf. Im Osten sah man Richtung Kahlert, Stützerbach und Neustadt am Rennsteig, von dort war er tags zuvor gekommen. Nun war das Saalfelder Land dran, sowie Burg Ranis, Schloss Rudolstadt, die Leuchtenburg, der Ettersberg bei Weimar, dahinter die fruchtbaren Flächen Sachsens. Über Arnstadt konnte man das Erfurter Land sehen, daneben die Drei Gleichen in der Verlängerung, dazu lag der Brocken. Über Nordwest wandte sich sein Blick wieder in Richtung des Kamms und so lagen vor ihm: der Inselsberg, Donnershaugk, Hoher und Gebrannter Stein, der Große Herrmannsberg und auch der Ruppberg. Über Milseburg und Dolmar erahnte er am Horizont die Geba und die Wasserkuppe.

Noch oft schweifte der Blick zwischen den Gipfeln hin und her und von der Karte in die Ferne. Selbst einem wachen Geografenverstand, wie dem Plänckners verlangte die Fülle an Information viel ab. Nachdem er seine Eindrücke geordnet hatte und die Flut abebbte, genoss er kurzerhand einfach den weiten Blick. Allein auf seinem Turm, kein Mensch weit und breit, nur der Wind

war zu hören. Um sich herum blickte er in alle Landesteile der Sächsischen Herzöge und in Teilen gar darüber hinaus. Er kam nicht umhin ein Gefühl göttlicher Weitsicht zu empfinden. Es waren diese Momente, in welchen er seine berufliche Stellung und Aufgaben wie die seinige genoss und um nichts in der Welt eintauschen wöllte. Berauscht von den Eindrücken, raffte er sich jedoch und konzentrierte sich wieder auf seine Aufgabe. Sein Blick ging in Richtung Nordwesten, wo seine heutige Marschrichtung lag. Bis zum Inselsberg musste er heute noch kommen. Mit zufriedenem Lächeln verstaute er seine Unterlagen, biss in sein Stück Käse, welches ihm der Schmückewirt gegeben hatte und nahm einen Schluck frisches Quellwasser aus seiner Feldflasche. Unter neuerlichem Klackern seiner Bergschuhe, stieg er den hölzernen Turm hinab. Nach wenigen Minuten Marsch war er wieder auf dem Rennsteig.
Der nächste kurze Halt, welcher ihm bevorstand, war nicht weit entfernt. Passte eine Begehung des Gipfels zwar nicht in sein zeitliches Programm – aufgrund des Moores wäre eine Begehung des geografischen Gipfels zu zeitaufwändig – wollte er dennoch den Gipfelbereich des großen Beerbergs begehen. Direkt am Rennsteig, unweit des Gipfels, hielt er kurz inne und blickte hinab nach Suhl und Goldlauter. Plänckner genoss diese Aussicht,

als ob sie ihm gehöre. Von Eile gedrängt, setzte er jedoch seinen Weg zügig fort. In wenigen Kilometern lag das Bergdorf Oberhof, welches er zwar ebenfalls nicht aufsuchen wollte, in dessen Nähe jedoch der ermittelte Verlauf der geplanten Chaussee liegen sollte. Es war jene Stelle, wo der Übergang Ohrdruf-Schwarzwald-Oberhof-Zella am besten und kürzesten möglich war. An dieser Stelle wollte er abermals kurz halten und seine Aufzeichnungen vervollständigen. Nachdem er dies getan hatte, setzte er seinen Marsch in Richtung des Inselsbergs fort.

Nach wenigen Hundert Schritten passierte er den Grenzstein mit der Nummer sechzehn, unweit der *Schützenwiese* wo die *Zeller Leube* vom Rennsteig abzweigte und den Fuhrleuten den Weg in Richtung Zella, Mehlis und des Dolmars wies. An diesem Punkt endete der Abschnitt, in welchem der Rennsteig beiderseits in Gotha lag und fortan lag linkerhand die Grenze zum hessischen Oberschönau. Nach einer weiteren nächtlichen Rast auf dem Inselsberg erreichte er einen Tag später den kleinen Ort Hörschel und somit den geografischen Endpunkt seiner Reise. Nach kurzer Erholung kehrte er nach Gotha zurück und bereitete seine Aufzeichnungen auf.

Zurück in Gotha erstattete er dem Herzog alsbald Bericht über seine Erkenntnisse. Als weitgereister

Fürst und Kriegsveteran war Herzog Ernst natürlich auch an den Erlebnissen interessiert, welche Hauptmann von Plänckner auf seiner Kurzreise erlebt hatte und so erzählte dieser ihm von seiner Übernachtung auf der Schmücke. Ernst war die Hausung oben am Rennsteig natürlich bekannt, schließlich hatte er erst kurz zuvor die Mittel für den Bau des Aussichtsturmes am Schneekopf bewilligt. Die beiden tauschten sich rege aus und kamen schließlich auf jenen Beweggrund zu sprechen, warum das Unterfangen überhaupt auf sich genommen wurde – der Bau der Chaussee. Plänckner konnte auf seiner Wanderung seine Hypothese bestätigen und der Bergsattel nahe Oberhof war der günstigste Übergang für den geplanten Straßenbau.
Der Herzog war höchst zufrieden und so wurde Julius von Plänckner als Projektoffizier und oberster Bauleiter mit dem Bau beauftragt. Die Arbeiten konnten bereits im folgenden Jahr, 1830 begonnen werden. Sie dauerten zwei Jahre und gingen zügig voran, nicht zuletzt durch die hervorragende Vorarbeit Pläckners. Jener wurde als Anerkennung seiner Arbeit zum Major befördert und am Kreuzungspunkt von Straße und Rennsteig mit einer steinernen Stele samt Inschrift bedacht.

Die Verkehrsanbindung innerhalb des Herzogtums hatte sich nun deutlich verbessert und auch die Transportzeiten wurden deutlich verkürzt. Für die Fuhrleute war es nun nicht mehr zwingend nötig, sich mühsam über die altertümlichen Hohlwege zwischen Zella und dem Stein 16, beziehungsweise zwischen Goldlauter und der Schmücke zu quälen. Auch das Post- und folglich das Nachrichtenwesen erlebten eine erhebliche Effizienzsteigerung. Das kleine Bergdorf Oberhof gewann an Bedeutung und auch die Schmücke war nun wesentlich einfacher zu erreichen.
Des Herzogs Vorhaben und Plänckners Umsetzung sollten erheblichen Einfluss auf die Entwicklung des mittleren Rennsteigs haben und einen regelrechten *Rennsteigkult* einleiten.

Julius von Plänckner

ZWEITER TEIL

Das Angebot

Zella St. Blasii, 18. April 1843

Jahre des Aufschwungs gingen ins Land und Johann Friedrich Joel hatte inzwischen seit längerem die Pacht für das Gasthaus *Stadt Gotha* in Zella St. Blasii inne. Doch wie so oft erfüllte auch dies ihn nicht in Gänze. Er war inzwischen einundfünfzig Jahre alt und die Hochzeit seines Schaffens schien hinter ihm zu liegen. Die Welt hatte er gesehen und auch genügend jener, welche sie bewohnten. Sein Haar war ergraut und die Jahre und das Essen seiner Frau Luise hatten ihn dick werden lassen. Alles kam ihm monoton und gleichgültig vor. Jeden Abend, nachdem die letzten Gäste weg waren, saß er in seinem Sessel, rauchte seine Pfeife und starrte gedankenverloren aus dem Fenster, sein grünes Hauskäppchen tief im Gesicht. Sein Blick war ziellos und ernst, traurig und kalt.

Luise, welche ihren Mann seit langem kannte, wusste, wie es um sein Herz bestellt war. Obwohl

sie dies genau wusste, lag es nicht in ihrer Macht, Abhilfe zu schaffen. So sehr sie sich bemühte, den alten Joel abzulenken, aufzumuntern oder ihm gut zuzureden, so wenig hatte dies Effekt. Sie war keine Frau besonderer Bildung oder gar hochgeistiger Studien aber ihr Menschenverstand und ihre Lebenserfahrung sagten ihr, dass ihrem Mann in diesem Lebensabschnitt niemand helfen konnte, wenn der Kopf des alten Joel dies nicht mittrug.
Seit einigen Jahren bewirtschafteten sie nun gemeinsam das Gasthaus in der kleinen Waffenstadt Zella St. Blasii. Der Bau der Chaussee über den Rennsteig und die Nähe zu Suhl ließen die Einwohner des Ortes ein recht passables Einkommen genießen.
Die Gäste, welche zu ihnen kamen, waren zahlreich und die Umsätze üppig. Längst hatten sich die Zellaer an den *alten Joel* wie er nun auch bei Freunden nur noch hieß, gewöhnt. Auch Joel hatte keine Sorgen mit den Gästen oder der Stadt. Dennoch wurden seine einst so spitzfindigen Scherze und sein derber Humor mit der Zeit immer leiser und gleichgültiger. Menschen, welche ihn nicht kannten, mochte dies vermutlich gar nicht auffallen aber Luise wusste, was die Stunde geschlagen hatte. Nur eine Lösung war ihr bisher noch nicht gewahr. Joel ging viel in den Wald und mied zunehmend die Gesellschaft jenseits des

eigenen Arbeitsplatzes und es war zu vernehmen, dass auch jene Gesellschaft dies zunehmend merkte. Sie hatten sich entfremdet – Joel und seine Mitmenschen. Und so nahm er in jeder freien Minute seinen Stock und ging hinauf auf den Rennsteig. Von Zella war es nicht weit. Nur einige Kilometer hinauf über den *Spitzigen Berg* und schon war er oben am Beerberg, zwischen Oberhof und dem Schneekopf. Luise unterstützte ihn, wo sie konnte, und ließ ihren Mann gewähren – teils aus Liebe, teils aus Hilflosigkeit. Wo der alte Joel sich rumtrieb, wusste keiner so genau, nur, dass er gewiss nicht dort verweilte, wo er viele Menschen traf. Luise Joel arrangierte sich mit der Situation und wenn Gäste fragten, antwortete sie ausweichend, aber nicht unehrlich. Mit Gottvertrauen und Zuversicht hoffte sie, dass ein Wink des Schicksals jene trübe Zeit beenden würde. Eine Hoffnung, welche sich alsbald erfüllen sollte.
An einem warmen Frühjahrstag musste der alte Joel aus geschäftlichen Gründen nach Gotha fahren. Er hatte einen Brief des Herzogs erhalten, welcher ihn aufforderte, zur Klärung eines Sachverhalts bezüglich seiner Pacht vorstellig zu werden. Da es sich um eine höchst dringliche Angelegenheit handele, sei dies beim Amtsgericht in Zella St. Blasii nicht möglich und seine persönliche Anwesenheit in Gotha von Nöten. Joel war

noch immer so mit sich selbst beschäftigt, dass er dies nicht hinterfragte und sich auf den Weg nach Gotha machte. Auch die Audienz beim Herzog machte ihn nicht stutzig, war er doch seit dessen Amtsantritt durch das Gasthaus seines Vaters bestens mit Ernst I. bekannt und jener hatte nicht selten einen volksnahen Rat beim alten Joel eingeholt. Auch die Söhne, Ernst jr. und Albert waren häufig Gäste gewesen und Joel war diesen, mit teils väterlichem Rat stets ein guter Gesellschafter. Ernst hatte ihn aufgrund seiner vorzüglichen Schießkünste außerdem mehrfach auf Jagden nach Polen und Ungarn mitgenommen. Man kannte sich gut.

Am späten Nachmittag traf er in Gotha ein. Ohne weitere Umwege machte er sich sogleich auf den Weg zu Herzog Ernst. Die Hofangestellten grüßten Joel – er war auch hier bestens bekannt. Nach einigen Schritten hatte er das Audienzzimmer im *Schloss Friedenstein* erreicht, wo Ernst ihn bereits erwartete. Joel trat ein.

Ernst stand am Fenster und schaute hinaus. Er war mittlerweile fast sechzig und auch an ihm waren die Jahre nicht spurlos vorübergegangen. Er war noch immer ein stattlicher Mann, wenngleich die Schultern nicht mehr ganz so breit und stolz waren, wie einst. Joel nahm seine Kappe ab und stand wartend im Raum.

„Nun stehen wir hier, wir alten Haudegen…" sinnierte Ernst, noch immer aus dem Fenster blickend. „Die besten Jahre sind vorüber und wir sind grau geworden…" Er drehte sich um und blickte Joel an. Sein Blick war gezeichnet von melancholischer Ironie.
„Mein guter Joel, alter Freund, mir ist zu Ohren gekommen, dass Euch Gram und Sorge gepackt hätten."
Joel hatte sein Käppchen in beiden Händen vor sich und hielt es eifrig fest. Sein Blick senkte sich und Sorge umflorte seine Augen.
„Wer erzählt Euch sowas?", fragte er.
Ernst schmunzelte leicht.
„Aber, aber, guter Joel! Wer so bekannt ist, wie ihr und eure Familie, von dem hört man auch schlechte Kunde von jenseits der Thüringer Berge!" Er schritt ein Stück auf Joel zu und lehnte sich, halbsitzend, an seinen Schreibtisch an. Die großen, hellen Fenster und der sonnige Frühlingstag davor gaben der Situation eine merkwürdige Absurdität. Der Herzog tat so als krame er in seinen Unterlagen, wenngleich dies nur ein Vorwand war, um Spannung aufzubauen.
„Mein lieber Joel, auch wenn ich eine solide Vorstellung habe, warum Ihr derzeit fühlt, wie Ihr fühlt, lasse ich dies doch unkommentiert. Ich kenne Euch gut genug, um zu wissen, wie

überaus gern und ausschweifend Ihr über Eure innersten Gefühle sprecht."
Joels Gesichtsausdruck wandelte sich schlagartig und mit hochgezogener Augenbraue grinste er in sich hinein. Auch Ernst musste schmunzeln.
„Ich mache es kurz, da wir beide keine Männer langer Erklärungen sind: Joel, ich möchte, dass Ihr die Schmücke übernehmt!"
Joels Gesicht begann zu leuchten. So rundlich, wie sein alter Schädel mittlerweile war, musste man Sorge haben, dass die Mundwinkel über der Stirn zusammenträfen, so breit war das Grinsen.
Ernst setzte zur Erklärung für seine Entscheidung an: „Es gibt dort oben derzeit keinen Pächter, wie Ihr wisst. Der bisherige Wirt tat sich schwer mit dem Gasthaus und hat schlussendlich das Handtuch geworfen. Einen Kreiser brauche ich dort oben ebenfalls, welcher mir die Forst- und Jagdaufsicht erledigt. Gehlberg und Lütsche sind nicht weit und da wäre es mir lieb, einen resoluten Mann wie den alten Joel da oben zu wissen, um den Wilddieben gleich einen herzoglichen Gruß zukommen zu lassen. Schließlich wart Ihr lang genug Armeegendarm, um den richtigen Umgang mit solchen Strolchen zu finden. Die Weiden liegen ebenfalls brach und die Pferde aus dem herzoglichen Gestüt sollen weiterhin dort Sommerquartier nehmen. Alles in allem kann ich mir für

eine solch große Aufgabe keinen besseren vorstellen als einen erfahrenen Gastwirt, Menschenkenner, Waldläufer und erstklassigen Schützen, wie Euch!"

Joels Herz pochte bis zum Hals. Wie vom Schlag getroffen stand er da und es fühlte sich an, als ob sämtliche Lebensenergie ihm über die Sohle bis in den Scheitel zurück in den Körper schoss. Plötzlich war er wieder der alte und die berühmte joel´sche Aura umgab ihn wieder. Zur Freude des Herzogs bedeutete dies auch, dass er seinen derben Humor und seine Schlitzohrigkeit zurückerlangt hatte. Joel setzte sein Käppchen auf, als sei es der Startschuss in ein neues Leben.

„Hoheit, das ist vermutlich das schönste Angebot meines Lebens. Abgesehen von damals, als Ihr mir das Kreuz des Ernestinischen Hausorden andrehen wolltet!"

Ernst lachte. Da war er wieder sein *alter* alter Joel!

Joel fuhr in seiner unnachahmlichen Art fort: „Ich will Euch das alles gern erledigen! Aber wovon soll ich leben? Die Schmücke ist bekannt als windschiefe Bretterbude in erbärmlichstem Zustand! Der letzte Wirt hat mehr kaputt gemacht als er aufgebaut hat und von ein paar Goldlauterer Fuhrleuten und Holzhauern kann ich Euch keine Pacht bezahlen! Dazu kommt das Futter fürs Vieh

und Baumaterial… viel Baumaterial! Die Bude da oben müssen wir erst mal auf links drehen!"
Ernst lauschte Joels Worten andächtig, hörte er noch nichts, was er nicht zum einen schon selbst durchdacht hatte und zum anderen nicht von Joel erwartet hätte. Als dieser seinen Einwand beendet hatte, beschwichtigte er ihn.
„Joel, wir kennen uns lang genug. Glaubt doch nicht, dass ich Euch nicht mit den nötigen Mitteln ausstatte. Was die Pacht betrifft, so schwört Ihr mir ehrenvoll, dass die folgende Abmachung diesen Raum nicht verlässt: ich verlange keine Pacht, Eure Einnahmen gehören Euch. Das bleibt aber wie gesagt unter uns, sonst stehen hier demnächst noch zwanzig andere und wollen auch nichts mehr zahlen! Bewirtschaftet meine Pferde und mein Vieh. Auf den Wiesen ist genügend Platz und die Bauern im Umland von Ohrdruf und Suhl lecken sich ihre Finger nach den kräuterreichen Hochwiesen für ihre Rinder. Ihr nehmt sie für achtzehn Groschen in Pension und tretet davon sechs an die Staatskasse ab. Für Euren Dienst als Kreiser soll Euch ein Gehalt von einhundert Talern gewährt werden. Und ich bin mir sicher, dass sich für die Problematik des Baumaterials in Gehlberg, Oberhof oder Goldlauter gewiss eine Lösung finden lässt. Was haltet Ihr davon?"

Ernst blickte Joel mit einer großzügigen, landesväterlichen Miene an, wohl wissend, dass dies auch für ihn eine Investition mit zehnfacher Rendite sein würde – und da war vom Finanziellen gar keine Rede. Die Karten lagen auf dem Tisch und Joels Antwort war selbsterklärend. Mochten für diesen Aufgabenbereich sonst drei Männer von Nöten sein, so war es für den wendigen alten Joel gefühlt nur eine Halbtagsstelle.
Joel schob sein Käppchen zurecht und zupfte sich an einer seiner grauen Locken, als ob er ernstlich über das Angebot nachdenken würde. Beide schauten sich an, grinsten und taten gleich einem Laientheater so, als ob es noch Grund zum Überlegen gäbe. Ernst machte einen Satz nach vorn und streckte Joel die Hand entgegen. Dieser schlug eifrig ein und schüttelte sie kraftvoll und freudig.
„Wann kann ich anfangen?"
„Je nachdem wie schnell Ihr zusammenpackt, aber von mir aus schon nächste Woche!"
„Montag fangen wir an!"
Joel war schon fast im Begriff aufzubrechen, als der Herzog ihn zurückhielt und noch etwas mitzuteilen hatte.
„Ach und Joel, bevor Ihr aufbrecht. Eine Bitte habe ich, wenngleich ich sie ausgerechnet Euch eigentlich nicht unterbreiten müsste, weil Ihr es so

oder so erledigen würdet: Auch meine Söhne und ich schätzen die Gegend dort oben am Rennsteig sehr und wenn wir unseren Joel dort als Gastgeber wissen, werden wir doch gewiss öfter Gelegenheit finden, Euch aufzusuchen. Meinen Jüngsten haben wir erst kürzlich nach England verheiratet und er wird sicherlich bald zu einem sommerlichen Aufenthalt nach Gotha reisen. Ich bin sicher, ein wenig Zerstreuung nach den ersten Ehejahren als Mann der britischen Königin täte ihm gut. Und über meinen Sohn Ernst brauche ich gewiss kein Wort verlieren.“, sprach Vater Ernst und lachte.

Joel machte so etwas wie eine militärisch zackige Körperbewegung, zumindest sollte es dies andeuten und entgegnete: „Hoheit, das ist keine Bitte, sondern eine Selbstverständlichkeit!“

Die beiden verabschiedeten sich und Joel verließ pfeifend das Schloss, während er auf dem Weg hinaus noch einige der Diener neckte.

Eiligen Tempos kehrte er nach Zella zurück und betrat, halb hüpfend sein Gasthaus. Luise stand hinter dem Tresen und sortierte das Geschirr für den Abend. Als sie ihren Mann hereinkommen sah, bedurfte es keinen Erklärungen. Natürlich konnte sie nicht wissen, was sich im Detail ereignet hatte, doch spürte sie an der ganzen Aura ihres Johann, dass die joel´schen Geister wieder

zurückgekehrt waren. Erwartungsvoll starrte sie ihn an.
„Stell das Geschirr hin Luise, wir haben zu packen!“, rief Joel laut. Er tänzelte um den Tresen, griff seine Frau und begann mit ihr in den Gastraum hineinzutanzen. Luise verstand kein Wort und kam auch nicht dazu zu fragen, musste sie doch erst mal dem Tänzchen ihres Gatten folgen.
„Packen? Warum? Was, Packen?“, stotterte sie.
„Unser Zeug, wir ziehen um. Der Herzog hat´s befohlen!“
„Was hat er befohlen? Umziehen? Wohin?“
„Die Schmüüücke, Schatz, die Schmühüüüücke!“, sang ihr Joel vor.
Luise war verdutzt und freute sich doch, obgleich sie immer noch kein Wort von dem verstand, was ihr Gatte da von sich gab. Jedoch allein sein Auftritt bereitete ihre Zuversicht, war er doch in den letzten zwanzig Jahren überaus selten so gefühlsduselig zu ihr gewesen. Sie stoppte den Tanz und griff ihren Mann an den Schultern: „Johann, nun sag schon. Was soll das bedeuten? Warst du beim Herzog?“
„Ei, da war ich.“, bekam sie als Antwort. „Und Ernst braucht einen Wirt, einen Bergbauern, einen Kreiser, einen Holzhauer und einen Unterhalter auf der Schmücke. Glück für ihn, dass der alte Joel das alles ist!“

Luise dämmerte was geschehen war. Sie kannte Johann gut genug, um zu wissen, dass solch überschwängliche Freude wie heute für sie traditionell sehr viel Arbeit bedeutete. Wenn ihr das jedoch zu viel wäre, hätte sie ihn ja schließlich nicht geheiratet. Sie beendeten ihr Tänzchen und setzten sich an den Tisch. Johann erklärte ihr alles in Ruhe und sie besprachen die weiteren Schritte. Luise überlegte nicht lang, wenngleich das Vorhaben auch nicht unbedingt ihr Mittel der Wahl gewesen wäre. Die Aussicht auf eine baufällige Schenke in der Unwirtlichkeit des Rennsteigs, mit ungewissem Auskommen im Vergleich zu einem gut gehenden Gasthaus in einer Stadt wie Zella, hätte ihr persönlich die Entscheidung sehr einfach gemacht. Aber die Aussicht auf einen griesgrämigen, melancholischen Joel in einem gut gehenden Gasthaus in einer Stadt wie Zella im Vergleich zu einem strahlenden und ausgeglichenen Joel voller Tatendrang in einer baufälligen Schenke am Rennsteig, erübrigte alle weiteren Einwände und so zog sie selbstverständlich mit. Sie wollte schließlich ihren *alten* Johann wiederhaben.
Viel zu packen gab es nicht. Ein befreundeter Fuhrmann wurde um Hilfe gebeten und so blickte das Ehepaar Joel völlig überraschend auf die letzten Abende in Zella St. Blasii und einem völlig neuen Leben entgegen. Joel war die

Kurzfristigkeit mehr als recht, musste er doch nicht über Wochen und Monate den Gästen Rede und Antwort stehen, wohin es denn ginge und warum. Wie ausgewechselt und gleich einem verschlissenen Möbelstück, welches nach ausgiebiger Restauration in neuem Glanz erstrahlt, war Joel wieder Joel und mit der Aussicht auf seinen künftigen Auftrag war er nun vielleicht erst jener Joel, welchen seine Zeitgenossen so schätzten.

Joel hielt Wort und der Umzug wurde schnellstmöglich initiiert. Wie ihm bereits bekannt war – schließlich führten ihn seine Wanderungen nicht selten an der Schmücke vorbei – hatte er einen ganzen Haufen Arbeit vor sich. Ein Zeitgenosse, welcher einst einen Reisebericht über die Schmücke verfasste, hatte diese als „bretterbeschlagene Gebirgsschenke, einfacher Natur“ beschrieben… Das war diplomatisch formuliert: Es war eine Bruchbude. Joel konnte sich der Unterstützung seiner geliebten Frau Luise gewiss sein, da auch sie mit Leib und Seele Gastwirtin war. Der Eindruck des herzoglichen Pachtvertrages hatte den alten Joel mit seinen einundfünfzig Lenzen glatt um zwanzig Jahre jünger gemacht und mit knappen dreißig sollte das doch schließlich alles kein Problem sein. Luise, welche ihren Gatten stets achtsam beobachtete kam immer wieder ins Schmunzeln, da dieser nun auf einem ganz neuen Level zu sein schien. Mit fast schon anstrengend guter Laune fieberte er der neuen Aufgabe entgegen und war voller Energie und Tatendrang. Der letzte Abend kam und ging vorbei. Joel wurde noch einmal kurz sentimental und sinnierte über seinen bisherigen Lebensweg. Nachdem er sein Glas geleert hatte und die Pfeife verglommen war, legte er sich zu Bett. Am darauffolgenden Morgen wollten sie frühestmöglich aufbrechen.

Schmücke

Schmücke, 24. April 1843

Bereits während der ersten Sonnenstrahlen des Tages waren Johann Friedrich Joel und seine Frau Luise zu ihrem neuen Domizil auf der Schmücke aufgebrochen. Nachdem der alte Joel alle vertraglichen Angelegenheiten bezüglich Pacht, Kreiserschaft und Viehwirtschaft geregelt hatte, stand ihrer neuen Aufgabe nun nichts mehr im Wege. Als ihn Herzog Ernst fragte, ob der die Pacht für die Gebirgsschenke auf der Schmücke übernehmen wolle, hatte ihn ein glühendes Feuer übermannt,

welches er noch immer nicht beschreiben konnte. Es schien ihm, als ob, in seinem hohen Alter *die* Lebensaufgabe auf ihn warten sollte. Und es schien ihm, als ob der Prophet nun endlich seinen Berg bekäme. So war es auch erwartbar, dass er keine Sekunde zweifelte und keine Mühe mit Scheu betrachtete. Die Frau an seiner Seite gab ihm weiterhin die Kraft und die Gewissheit, dass dieses neue Unterfangen ein gutes werden würde, noch besser als alle bisherigen.
Den Weg zur Schmücke kannten sie gut und so waren sie nach guten anderthalb Stunden mit den notwendigsten Habseligkeiten zu Fuß am Ziel angekommen. Die übrigen Dinge ihres Hausstandes würde ein befreundeter Fuhrmann in den nächsten Tagen bringen. Die Schenke war seit letztem Herbst unbewohnt und der Schlüssel hinterlegt. Joel stand aufgeregt wie ein Erstklässler vor der Einschulung vor Haupthaus und Gehöften und inspizierte diese mit gestrecktem Hals, offenem Mund und funkelnden Augen. Luise stand etwas abseits und betrachtete die Szene mit großer Genugtuung und wohlwollendem Kopfschütteln. Joel suchte den Schlüssel an der vereinbarten Stelle, fand ihn und schloss nun zum ersten Mal *seine* Schenke auf der Schmücke auf. Die hölzerne Tür knarzte. Der Raum war dunkel. Die Pupillen der beiden mussten sich erst an die Dunkelheit

gewöhnen und so sahen sie trotz zusammengekniffener Augen erst einmal nichts. Es gab keinen Vorraum und sie standen direkt in der Gaststube. Nach und nach besserte sich das Sehvermögen und der Raum gewann an Kontur. Im Inneren sah die Schenke glücklicherweise bei weitem nicht so abgerissen aus, wie von außen. Natürlich hatten sich über die Wintermonate zahlreiche Spinnweben angesammelt, welche überall herumhingen und Tische, Bänke und Lampenschirme verzierten, doch war zunächst einmal ausreichend Mobiliar vorhanden und das war viel wert! Joel und Luise gingen weiter in den Raum hinein und schauten sich noch immer um. Joel versuchte die Größe des Raumes zu schätzen und kam auf eine ungefähre Breite von kaum dreißig und eine Länge von etwa zwanzig Fuß. Die Wände waren holzvertäfelt und die Decke sehr niedrig. Über den wenigen Tischen hingen gläserne Lampenschirme an dünnen Ketten. Eine große Eckbank aus Fichtenholz säumte die hintere linke Ecke, davor standen ein großer Tisch und sechs Stühle. Alle Stühle waren verkehrtherum auf die Tische gestellt. Lediglich die Wand neben der Tür, durch welche sie hereingekommen waren, hatte drei kleine Fenster aus Bleiglas, durch welche das Tageslicht nur spärlich eindrang. Rechter Hand war ein schöner, ebenfalls hölzerner Tresen, hinter welchem sich ein spärlich bestücktes, aber gut sortiertes Geschirrregal befand. Der Boden war aus Feldsteinen gelegt und dementsprechend kalt. Ein paar wenige, nichtssagende Bleistiftzeichnungen hingen zur Zierde an den Wänden hinter den Tischen. Im vorderen Bereich des Raumes standen zahlreiche einzelne kleine Tische mit drei bis vier Stühlen. Luise blickte etwas genervt drein, schließlich sah sie stets vor allem die Arbeit, welche auf die beiden zukam. Joel hingegen war euphorisch und begann die ersten Stühle herunterzustellen. Nun hieß es putzen…

Ehe dies jedoch begann, begingen sie die übrigen Räume. Direkt neben dem Tresen, in der hinteren rechten Ecke des Gastraumes war eine schmale Holztreppe mit ausgetretenen Stufen. Ihr Handgepäck hatten sie auf den Tresen gelegt und schritten nun dicht hintereinander die knarzenden Stufen empor. Oben angekommen mussten sie, wegen der ebenfalls niedrigen Decke den Kopf einziehen. Ein schmaler Flur verlief längs zum Haus und endete mit einem kleinen Fenster mit Blick hinaus auf die Wiese. Drei Türen waren zu sehen, zwei links und eine rechts des Korridors. Die Türen links führten in zwei schmale Gästezimmer mit Dachschräge und ohne Fenster. Die Tür rechter Hand war die Schlafstube der Wirtsleute mit einem kleinen Vorraum und ebenfalls mit Dachschräge. Die Schlafstube befand sich unmittelbar über der Küche, welche sich wiederum im Erdgeschoss hinter Tresen und Treppe befand, sodass die Wärme des Herdfeuers auch diesen Raum ein wenig heizte. Toilette und Waschmöglichkeit lagen für alle Beteiligten außerhalb des Hauses, auf dem Hof.

Joel, noch immer zufrieden, setzte sich sogleich auf sein künftiges Bett und blickte sich um. Luise hatte mit leichtem Argwohn begonnen, die ersten Spinnweben im Obergeschoss zu entfernen. Sie ging anschließend nahtlos zur allgemeinen Grundreinigung über, um zumindest eine Grundhygiene für die kommenden Tage und Nächte zu gewährleisten. Joel setzte seinen Rundgang fort.

In direkter Nähe zum Haus stand ein kleiner Schuppen mit Gerätschaften und Werkzeug, welches man vorwiegend im Haus benötigte und daneben stand der Abort in Form eines einfachen Plumpsklos samt danebenliegender Waschecke. In den übrigen Schuppen und Schobern fanden sich weitere Werkzeuge und Gerätschaften für Landwirtschaft und Holzeinschlag und auch eine ganze Garnitur Koppelpfähle lag trocken gelagert bereit zur Verwendung. Joel schritt zufrieden zurück in Richtung des Hauses und genoss die Aussicht in Richtung des Sachsensteines. Das Gehöft samt Hof war in keinem schlechten oder übermäßig heruntergekommenen Zustand, es war lediglich unbewohnt und dadurch pflegebedürftig. Der letzte Wirt war offenkundig kein fauler Unmensch, sondern lediglich unvermögend gewesen, das Notwendige zu leisten, sei es körperlicher oder finanzieller Natur. Natürlich hatte Joel ein Auge für die wesentlichen Dinge und gab sich keiner romantischen Illusion hin und er wusste genauso wie seine Frau, welch Berg Arbeit vor ihnen lag.

Aufgrund seiner Lebenserfahrung und zahlreicher Erlebnisse und vergangener Projekte, wusste der alte Joel aber auch, was daraus entstehen konnte. Nach seinem ersten Rundgang hatte er einen groben Überblick über die notwendigsten Arbeiten. Das wichtigste was zu tun war, war die Erneuerung einiger der Holzschindeln auf dem Dach, welche durch Witterung und Wind beschädigt waren oder teilweise in Gänze fehlten. Es konnte nichts Schlimmeres geben, als ein undichtes Dach, denn sollte das Dach wirklich undicht sein, erübrigten sich alle weiteren Mühen. Die Scharniere der Fenster hatten sich durch den Wind lose geklappert und die Tür musste geölt werden. An der Fassade waren viele Bretter lose und die Mehrzahl vergammelt. Auch das musste erneuert werden, hatte aber noch Zeit. Diese Schenke war bei weitem keine Augenweide und wirkte verfallen, das war Joel bewusst. Aber in Anbetracht des bisherigen Publikums, bestehend aus Holzhauern und Fuhrleuten samt jeweiligem Einkommen, war es für diese auch nie mehr als ein Nothalt gewesen, mit welchem man keinen Gewinn erzielen konnte.

Joel betrat den Gastraum, wo seine Frau eifrig putzte und bereits schon den Boden scheuerte. Er blieb vor ihr stehen und sie blickten sich an. Luise zog die Augenbraue hoch, als hätte sie eine Frage, auf welche sie die Antwort sowieso schon kannte und schmunzelte. Joel entgegnete ihr geschäftsmännisch: „Liebes, das klappt!" Weiterer Worte bedurfte es nicht.

Die folgenden Tage waren arbeitsreich. Das Haus war geputzt und das wenige Geschirr gespült, die ersten Habseligkeiten waren verstaut und die notdürftigsten Reparaturen, zumindest behelfsmäßig erledigt. Die Joels hatten grundsätzlich alles, was sie brauchten und der Vorgänger hatte alles in einem weitestgehend guten Zustand und geordnet hinterlassen. Dies war den beiden ein weiteres Indiz dafür, dass hier kein Unhold am Werk war, sondern ein Arbeitswilliger wohl einer falschen Berufung gefolgt war. Selbst Brennholz hatte er ihnen in ausreichendem Maße hinterlassen, sodass der Grundbetrieb der Schenke innerhalb kürzester Zeit wieder aufgenommen werden konnte.

Einige Fuhrleute kreuzten hier und da das Gasthaus und Joel war nie um eine kleine Plauderei verlegen. Einige kannte er sogar noch aus früheren Tagen und so dauerte es nicht lange, dass die Kunde von der Neueröffnung der Schmücke erst in den naheliegenden Dörfern und schließlich im ganzen Land die Runde machte.

Der Frühling nahm seinen Lauf und so konnte das erste Jahr beginnen. Einem der Fuhrleute hatte der alte Joel ein paar Groschen zugesteckt, er möge doch in Goldlauter und Suhl die Kunde verbreiten, dass das Vieh der Bauern und die Pferde der hohen Herren nun hier gegen Gebühr in Sommerquartier genommen würden.

Es dauerte nicht lang und die ersten Bauern brachten ihre Tiere. Mit wenig Mühe hatte der alte Joel die Koppelpfähle geschlagen und die Wiesen bereitet, die Ställe ausgemistet und überschüssiges Geäst und junge Triebe beschnitten, auf dass Hof und Wiesen nicht weiter verwilderten. Es waren Dinge, welche ihm leicht von der Hand gingen und keiner großen Planung oder übermäßiger Mühen bedurften. Die Gebühr für die Pflege der Tiere hatte er sich anzahlen lassen und auch für die Fuhrleute hatte Luise schnell ein kleines Speisenangebot gezaubert. Durch jahrelange Erfahrung wussten sie, wie man die einfachen, aber arbeitsgebeutelten Gemüter sättigte. Die Preise waren so fair, dass kaum jemand nein sagen konnte und so klingelte alsbald die Kasse. Der geschäftige Joel hatte sich in kürzester Zeit ein solides Polster erwirtschaftet und aufgrund der Pacht, welche er dank des Herzogs nicht bezahlen musste, hatte er kaum laufende Kosten außer Futter für die Tiere und Essen für sich und seine Frau. Durch die geschäftige und aufgeschlossene Art des Alten hatte er alsbald für jeden Bedarf einen Lieferanten, welche ihm aufgrund der prompten Bezahlung auch bereitwillig lieferten. So kamen Brot und Schinken aus den umliegenden Dörfern Gehlberg und Oberhof, der Wein aus Benshausen und das Bier aus Ilmenau. Die Eisenwaren bezog er aus Zella und Suhl und das Holz aus Goldlauter.

Seine Frau beherrschte die Kunst, aus den wenigsten Zutaten noch eine schmackhafte Speise zu kochen und so kamen die Holzhauer zu Scharen zu Mittagstisch und Vesper. So wie das Geld hereinkam, gab es der Alte wieder aus – so wurde Holz gekauft, Nägel und Schindeln. Schon bald waren alle Reparaturen erledigt und ein erstes neues Funktionsgebäude wurde errichtet. Einige junge Holzhauer aus Goldlauter waren gegen Speis und Trank überaus hilfsbereit. Es war kaum Sommer, da war die Arbeit so üppig, dass Joel den ersten Knecht anstellte. Sein Name war Johann Wagner

und so waren sie fortan schon zu dritt. Also allein waren sie sowieso nie, da seitdem Joel das Regiment an der Schmücke übernommen hatte grundsätzlich *immer* irgendwer da war. Das Jahr ging ins Land und es wurde viel geschafft. Durch den lauen Sommer konnte man überaus viel Zeit draußen verbringen und so war es inzwischen Usus, dass nach harten Arbeitstagen ebenso ausgelassene und weingeschwängerte Musikabende am Lagerfeuer das Tagwerk beendeten.
Zu dieser Zeit entstand der Mythos um Joel. Zunächst waren vorwiegend Leute bei ihm zu Gast, welche so oder so mit der Schmücke zu tun hatten und welche das Trauerspiel der Vorjahre stets ernüchterte. Als nun plötzlich dieser beleibte, aber energiegeladene alte Wirt aus Gotha, mit seinem, mit Eichenlaub bestickten Hauskäppchen das Regiment übernahm, setzte eine Zeitenwende ein. Man kam gern zur Schmücke. Joel hatte in seinem Leben so viel gesehen und erlebt und war so froh über die neu gewonnene Heimat, dass er keinerlei Interesse daran hegte, sich zu bereichern oder seinen Wohlstand zu mehren. Beim alten Joel gab es viel Arbeit, das wusste jeder, aber sie kamen gern und in Scharen, denn wenn man Gast oder besser noch Helfer beim Alten auf der Schmücke war, erhielt man eine Bezahlung, welche selbst unbezahlbar war. Joel hatte es sich zur Eigenart gemacht,

dass er nicht selten ganze Runden von Gästen aushielt, wenn der Abend ihm pressierte. Kein Heller wurde dann für das Verzehrte gefordert. Joel holte die Instrumente heraus, scherzte und erzählte Anekdoten. Wenn eine Schar von Männerkehlen zum Gesang ansetzte, konnte der Alte windelweich werden und verdrückte auch mal ein kleines Tränchen. Mit seinem unverwechselbaren Wäldlergemüt unterhielt er die Leute gern. Seine lange Pfeife und sein derber Humor waren alsbald in aller Munde. So schnell wie er gekommen war, so schnell hatten sie ihn als Freund akzeptiert.
Was sich ebenfalls schnell herumgesprochen hatte, war der Umstand, dass sein grünes Hauskäppchen ein unfehlbarer Indikator für seine Stimmung war. Saß es auf der Stirn, war es mit dem Alten nicht geheuer. Auf das rechte Ohr gelehnt, war gerade ein Gewitter vorüber und die Wogen hatten sich geglättet. Auf dem linken Ohr wiederrum, war es Garant für himmlische Stunden, fröhliche Unterhaltung und einem Beisammensein, welches die Teilnehmenden dem kleinlichen Gezänk des Alltags entfliehen ließ. Joel hatte über die Jahre eine schier unfehlbare Menschenkenntnis erlangt und daher wusste er stets, wie er jenen zu nehmen hatte, der vor ihm stand. Gottbewahre, dass einer jener versuchte, dem

alten Joel einen Bären aufzubinden, die Strafe folgte prompt. Ihm waren alle Standesdünkel egal. Ob Holzhauer oder Herzog, ob Geheimrat oder Dienstmagd, für den alten Joel zählte stets ausschließlich der Mensch selbst. Protzerei, Dummheit, Stolz, Einbildung, Schnippischkeit und unsoziales Verhalten geißelte er rücksichtslos – mal verborgen und mal unvermittelt und direkt. Unabhängig von Person und Stand leuchtete er so jedem heim, der es verdient hatte. Er war liebenswürdig und sarkastisch und manchmal saugrob, weshalb sie bald nur noch ehrfürchtig aber liebevoll vom *groben Joel auf der Schmücke* sprachen. Mit seinem volksechten, urwüchsigen und kerngesunden Humor unterhielt er jene, welchen er hold war. Mit seinem derben, sarkastischen und beißenden Spott, überschüttete und geißelte er jene, die es verdient hatten. So war er, der alte Joel und das sollte erst der Anfang sein.
Auch seine Tätigkeit als Kreiser und Jagdaufseher nahm er dienstbeflissen wahr. Hier kam ihm abermals sein volksnaher Charakter zugute und statt eines halsstarrigen, herzoglichen Technokraten, suchte er das Gespräch mit den Waldbewohnern. So wusste er auch schnell, wer die Pappenheimer waren, die es besonders zu beobachten galt. Mit den übrigen Holzhauern und Viehbesitzern machte er Gutwetter und lud sie regelmäßig in die

Schenke ein. Auf diese Art ging ihm auch diese Tätigkeit leicht von der Hand. War irgendwo ein Tier verletzt oder hatte Windbruch den Baumbestand geschädigt, es wurde ihm schnell zugetragen. So konnte er sich, bis auf wenige Rundgänge, auf seine Schenke konzentrieren und war doch immer bestens informiert.
Aus jener Zeit stammte auch die wohl wichtigste Bekanntschaft in Joels Leben: Forstmeister Karl Morba. Jener war gute zehn Jahre jünger als Joel, er war Jahrgang 1803, aber das spielte keine Rolle. Morba war ein völlig anderer Charakter als Joel, er war ruhig, von drahtiger Statur und wartete stets ab, ehe er etwas kommentierte. Morba ruhte in sich selbst. Doch *wenn* er sich einmal zu einem Kommentar genötigt sah, dann saß dieser! So unterschiedlich ihre Charaktere waren, so gleich waren sie sich in ihrer Einzigartigkeit. Er trug arbeitsbedingt stets die Kluft eines Forstmannes und hatte einen langen, aber gepflegten Vollbart in seinem schmalen Gesicht. Wie Joel hatte auch er stets seine lange Pfeife in der Hand, wenn sie in abendlichen Runden zusammensaßen. Auch Morba hatte eine persönliche Kopfbedeckung – hatte der alte Joel stets sein grünes Hauskäppchen auf dem Haupt, so hatte Morba in Erinnerung an seine vergangene Jugend stets seine Burschenschaftlermütze auf dem Kopf.

Karl Morba stammte aus Gräfentonna und war Sohn eines Lehrers. Dieser hatte ihn in seiner Jugendzeit gedrängt, ein Theologiestudium in Jena aufzunehmen, was jedoch nicht seiner Profession entsprach. In seiner Jenaer Zeit war er als Burschenschaftler aktiv und trat der dortigen Burschenschaft Arminia bei, welche sich 1815 in Jena gegründet hatte, aber im bereits 1819 im Zuge der Karlsbader Beschlüsse verboten wurde. Morba nahm an einer späteren Neugründung teil. Da ihm das Theologiestudium nicht zusagte, wechselte er die Fachrichtung hin zur Medizin. Als er kurz vor dem medizinischen Staatsexamen stand, wurde er, gemeinsam mit vielen weiteren Studiengenossen aufgrund seiner Tätigkeit als Burschenschaftler vom Studium ausgeschlossen. Da die Burschenschaften zu dieser Zeit einen einheitlichen deutschen Nationalstaat anstrebten, wurde dies von den Oberen, metternichscher Prägung als Hochverrat angesehen und Vertreter wie Morba verfolgt. Er wurde daraufhin über längere Zeit von Freunden und Wegbegleitern versteckt und entkam so einer eventuellen Bestrafung.
Im Zuge der Liberalisierung des Herzogtums Gotha unter dem neuen Herzogshaus, wurde er jedoch begnadigt und konnte wieder einem geregelten Leben nachgehen. Er hatte nunmehr eine Lehre zum Forstmann absolviert und erhielt ein

Revier unweit der Schmücke. Das Forsthaus, welches ihm zugeteilt wurde, stand unmittelbar in Laufweite neben der Schmückewirtschaft.
Morba sprach zwar grundsätzlich über seine Vergangenheit, für welche er sich keinesfalls schämte, aber an einigen Punkten stieß der geneigte Fragende doch hier und da auf Granit. So war weitestgehend unklar, ob Morba aus freien Stücken Förster an der Schmücke wurde oder ob es vielmehr eine Flucht vor der bürgerlichen Gesellschaft sein sollte, derer er sich zu entziehen suchte. Außer Morba vermochte wohl allein der alte Joel diese Frage zu beantworten.
In jedem Falle hatte er beim Herzog eine Anstellung als Forstkommisarius unweit der Schmücke angenommen. Im Zuge seiner Tätigkeit hatte er den alten Joel als den neuen Wirt und Kreiser auf der Schmücke kennengelernt und die beiden Männer hatten ohne größere Worte oder Zuneigungsbekundungen eine innige Freundschaft geschlossen. Da Morba noch Junggeselle war, hatte ihn Luise Joel schnell als eine Art Ersatzsohn oder kleinen Bruder ins Herz geschlossen, welcher zur Familie gehörte. Er war Nummer vier im Bunde.
Der Winter nahte und Joel und Morba hatten in den Revieren und Forsten alle Hände voll zu tun. Es war gut, dass durch Joels Fleiß und Weitsicht die notwendigen Arbeiten am Gehöft erledigt und

ausreichend Brennholz für den harten Winter bereits im Spätsommer vorhanden waren. Die Tage wurden kürzer. Gemeinsam mit den Knecht Johann schafften sie jedoch ihr Arbeitspensum ohne weitere Engpässe.
Die Bauern holten im Spätherbst ihr Vieh aus dem Sommerquartier und bezahlten ihre Rechnungen beim alten Joel. Der erste Schnee kam. Joel, Luise und Morba kamen nach Arbeitsreichen Wochen für einige Tage zur Ruhe und resümierten über das vergangene Jahr. Das Ehepaar Joel hatte innerhalb kürzester Zeit eine gutgehende Wirtschaft etabliert und mit der Tatkraft einiger Helfer die gesamte Gebirgsschenke samt Ländereien auf Links gedreht. Die Hauskasse war durch die Betreuung des Viehs gut gefüllt und die Dauergäste in Form der herzoglichen Rassepferde waren in Betreuung und Fütterung nicht sonderlich anspruchsvoll. Zumal die noch immer nicht zu entrichtende Pacht sich damit beglich, dass der Herzog natürlich nichts für das Futter bezahlte. Sie sinnierten über die Verwendung des Geldes und schmiedeten Pläne für den möglichst effizienten Umbau des gesamten Areals im kommenden Jahr. Beim bevorstehenden Holzeinschlag sollte ein Gutteil des Materials abzuzweigen sein.
Luise und ihr Mann waren mit ihrer Situation zufrieden. Mit Johann Wagner hatten sie einen

tatkräftigen Knecht gefunden, der das Zitherspiel wie kein anderer beherrschte. Und Karl Morba war inzwischen ebenfalls ein Familienmitglied geworden.
Im spätherbstlichen Tagesgeschäft, welches vornehmlich Luise stemmte, besuchten sie weiterhin vor allem Holzhauer, Fuhrleute, Postboten und Förster, von denen ihnen in der Zwischenzeit fast alle persönlich bekannt waren – man duzte sich kollegial. Joel und Morba waren zumeist im Wald, organisierten den Jagdbetrieb und bereiteten den Holzeinschlag für den Winter vor. Ob der Herzog den Umstand einfach aus Sympathie in Kauf nahm oder in Spekulation auf den tatkräftigen Umbau der Schmücke – Joel war in jedem Falle an der Quelle zum Kernstoff seines Baumaterials, dem herzoglichen Gehölz.
Auch Morba, welcher dies ja als Vertreter zu verantworten hatte, trug dies weitestgehend mit, da es völlig legitim war, für das Tagesgeschäft und die Bedürfnisse im Wald, das vorhandene Holz gleich vor Ort zu verwenden. Es war jedoch gut, dass Joel ihn hatte, denn er war bemüht, diesen auszubremsen, wenn er hier und da wieder einmal die eigenen Gestaltungsspielräume recht großzügig auslegte. Morba wachte stets darüber, dass der Herzog nicht zu viel Holzschwund durch vermeintlichen Windbruch oder ähnliche

Vorwände Joels zu verzeichnen hatte. Joel frötzelte dann zwar immer mit ihm, wusste aber im Innersten doch, dass er Recht hatte.
Ein derartiger Vorfall sorgte jedoch für einen handfesten Streit zwischen den beiden. Genaugenommen war es der erste und letzte Streit zwischen ihnen.
An einem klaren Wintertag – bereits seit einiger Zeit lag hoher Schnee am Rennsteig - wollten sie gemeinsam Blockholz schlagen, um es an die Holzabfuhrwege zu schleifen. Es mangelte an Pferden. Der alte Joel wäre nicht der alte Joel gewesen, hätte er nicht sogleich eine Lösung für das Problem gehabt. Wie so oft bei Joel heiligte der Zweck die Mittel, das Holz musste schließlich geschlagen werden. Er ging hinüber zu den Ställen, holte zwei der herzoglichen Rassepferde und bereitete sie für die Forstarbeit vor. Morba, welcher zunächst eher zufällig in die Szenerie geriet, standen die Haare zu Berge. Ihm als herzoglichen Forstkommisarius zuckten die Glieder zusammen, beim Anblick dieser auf dem Weg zum Holzrücken. Joel hatte ihn nicht bemerkt und so ging er langsam aus dem Stall hinauf Richtung Wald, beide Pferde führend. Morba eilte hinterher und rief:
„Joel! Das geht so nicht! Das kannst du nicht machen!“

Joel blieb verdutzt stehen und drehte sich um.
„Warum nicht?"
„Das sind die Pferde von Herzog Ernst, die können wir nicht zum Holzrücken nehmen, das sind edle Tiere!"
Joel schaute ihn mit gleichgültigem Gesichtsausdruck an und antwortete: „Wir holen ja dem Herzog auch nur die edelsten Bäume aus seinem edlen Wald, da wird er die edlen Tiere wohl für ein paar Stunden entbehren können!" Kaum hatte er seinen Satz beendet, drehte er sich um und setzte seinen Weg fort. Morba war fassungslos. Es war genau diese arschlochhafte Gleichgültigkeit welche er an seinem, sonst so geschätzten Freund hasste.
„Joel, du bleibst sofort stehen!"
Joel ging ungerührt weiter.
„Joel, ich warne dich! Wenn du nicht stehenbleibst, muss ich das in Gotha melden!"
Beide wussten, dass Morba bluffte und er seinen Freund keinesfalls irgendwo melden würde. Joel, der noch immer weiterlief, rief ihm, ohne sich umzudrehen zu: „Morba, der Herzog hat mir die Tiere zur Betreuung gegeben und außer ein paar herzoglich-höfischen Allerwertesten, haben *die* in ihrem Leben noch nicht viel bewegt! Die müssen mal raus. Entweder du kommst jetzt mit und hilfst mir, oder du lässt es bleiben!"

Joel lief weiter und verschwand im Wald. Morba hatte einen hochroten Kopf und war wutentbrannt. Er donnerte mit der Faust gegen die Stalltür und entschwand.
Joel verrichtete an diesem Tag die Rückearbeit allein und kehrte am späten Nachmittag, kurz vor Dämmerung zur Schmücke zurück. Er brachte die Pferde in den Stall und ging, wie selbstverständlich ins Haus, wo Luise mit dem Essen wartete. Wie jeden Abend saß dort auch schon Karl Morba am Tisch und stopfte sich seine Pfeife. Die beiden Männer würdigten sich keines Blickes. Luise war genervt, konnte aber gegen die beiden Dickschädel nichts tun. Man aß, ohne ein Wort zu sprechen. Pfeifen wurden gestopft. Der Abend verging.
Über Nacht hatte das Wetter umgeschlagen und dichter Nebel umzog die Schmücke. Wind und Regen peitschten gegen die schmalen Bleiglasfenster. An diesem neuen Tag war Arbeit unmöglich und auch keine Menschenseele kam an der Schmücke vorbei. Der Hausknecht Johann hatte sich wohlweißlich eine Arbeit in einem anderen Raum des Hauses gesucht und Luise stand wieder am Herd und das noch immer genervt, denn die beiden Dickköpfe saßen unverändert bei Tisch. Beide schauten unter ihren dicken Augenbrauen aneinander vorbei und pusteten ihren

Pfeifenrauch in den dämmrigen Raum. Am liebsten hätte Luise den Herrn Waldläufer und den Herrn Forstkommissar mit den Köpfen zusammengeschlagen und das kindische Treiben beendet, aber das war wohl keine Option. Keiner der beiden wollte nachgeben und so saßen sie bis in die Mittagsstunden immer noch unverändert da. Luise kannte ihren Mann in- und auswendig und wusste, dass dieser allein des Friedens willen niemals nachgeben würde, das war einfach nicht der Stil vom alten Joel. Morba kannte sie auch schon sehr gut und wusste, dass dieser lediglich aus Gründen des Pflichtgefühls gegenüber seinen Aufgaben auf seinem Standpunkt beharrte. Im Wesen ging es Morba aber schlecht mit der Situation und so stopfte er sich nervös eine Pfeife nach der anderen, bis der Rachen brannte. Luise knallte wutentbrannt die große Porzellanterrine mit der Suppe, welche sie gekocht hatte, auf den Tisch und holte Geschirr und Schöpfkelle. Grantig rief sie adressiert an Knecht Johann: „Johann, Mittag!" Joel starrte durch seine verschmitzten Äuglein vor sich hin und überlegte, wie er die Situation beenden könnte, ohne zu verlieren. Sein Blick fiel auf die Terrine. Wie ein Geistesblitz schoss es ihm durch den Kopf und er hatte die Lösung. Wie vom Affen gebissen sprang er auf, schnappte die Schöpfkelle und holte aus. Mit einem ausschweifenden Hieb schlug er mit der Schöpfkelle wie vom Teufel gerührt in die Suppe. Die Suppe spritzte heraus auf den Tisch, auf die Stühle, an die Wand und auch auf ihn und Morba. Morba erschrak sich zu Tode, als die heiße Suppe auf seine Brust und in sein Gesicht spritze. Reflexartig sprang er auf und rief, ohne nachzudenken: „Sauerei! Was soll denn das?", während er sich mit der flachen Hand die Suppenspritzer vom Gesicht wischte. Joel saß, vollgespritzt mit Suppe und Suppengrün im Gesicht am Tisch und grinste schelmisch. Er sprang auf und hatte ein unwiderstehliches Joellächeln im Gesicht, während er Morba seine ausgestreckte Hand hinhielt. Morba wusste noch immer nicht wie ihm geschah und schaute ihn verdutzt an. Joel sprach: „Nun hast du doch endlich das erste Wort gesprochen und wir können wieder die guten alten Freunde sein!" Morba schüttelte mit dem Kopf, konnte sich aber ein Schmunzeln nicht verkneifen. Gespielt widerwillig schlug er ein und sie schüttelten sich die Hände. Luise Stand am Herd und verleierte die Augen ob der Kindsköpfigkeit ihrer beiden Pflegefälle. Morba und Joel brachen in schallendes Gelächter aus, bis ihnen die Tränen kamen und die Bäuche schmerzten. Der Friede war wiederhergestellt. Die Suppe, die *neben* der Terrine war, wurde aufgewischt und die, welche *in* der

Terrine war wurde gegessen. Nach dem Essen eilte Johann hinaus und holte seine Zither, sowie einige Flaschen Wein. Was den Rest des Tages folgte, war ein Gelage nach Joels Geschmack, bei Wein und Gesang.
Der Vorfall dieser Tage wurde noch oft erzählt und waren Joel und Morba bis dahin gute Freunde, waren sie nun *beste* Freunde!

Es geht voran

Der Jahreswechsel kam und der Winter hatte die Schmücke fest im Griff. Es lag Schnee, viel Schnee. Trotz allem machten es sich die Bewohner so gemütlich wie möglich und es gab immer wieder gesellige Runden bei Wein und Gesang. Bereits zu dieser Zeit kamen immer wieder Freunde, Bekannte und Weggefährten von Joel und Morba auf Visite und so war es selten langweilig. Nur jene nebelverhangenen Wintertage, in denen der Wind peitschte und die Baumwipfel sich bogen, an denen kam kein Mensch auf die Schmücke – und diese waren zugegebenermaßen gar nicht mal so selten. An diesen Tagen saßen sie in trauter Runde, Frau Joel stopfte Socken, Johann hütete das Herdfeuer und Morba und Joel zogen an ihren langen Pfeifen. Im Zuge der Monate erkannte der alte Joel auch den ein oder anderen Mangel, welcher im Zuge einer Überwinterung auf der Schmücke ebenso auffiel. Ein Problem waren die Lagermöglichkeiten, denn je länger der Winter dauerte, desto knapper wurden die Vorräte. Joel war erfahren genug, dass er dies bereits im Sommer des letzten Jahres wusste, er hatte aber einfach nicht mehr Lagerraum als zu diesem Zeitpunkt vorhanden war. Das war grundsätzlich auch kein Problem, denn das Notwendigste konnten sie auch unten in Goldlauter kaufen, Morba und er mussten dazu lediglich mit ihren hölzernen Kützen den Abstieg antreten. Derlei Unterfangen waren kräftezehrend und zeitintensiv – aber sie hatten schließlich wenig zu tun und konnten ja auch nicht den ganzen Winter in der Stube hocken. Joel war zwar nicht faul, aber man musste sich ja das Leben auch nicht schwerer machen als nötig. So kam auf die Liste für das kommende Frühjahr auch der Bau eines Lagerkellers.

Ende Januar ereilte den alten Joel eine Kunde, welche ihn in tiefe Trauer stürzte und an der er noch einige Wochen zu knabbern hatte – Herzog Ernst I., sein hoher Gebieter und Protegé war am 21. Januar nach kurzer Krankheit verstorben.

Joel kam es so vor, als ob der alte Herzog ihm, seinem treuen Joel die Schmücke überschrieben

hatte, nicht nur um ihm einen Lebenstraum zu erfüllen sondern auch zur Freude und zum Fortschritt des Herzogtums Gotha und seiner Einwohner.
Morba und Luise hatten Not Joel ein wenig Zerstreuung zu verschaffen, was die langen Winterabende nicht unbedingt erleichterten, aber es gelang ihnen schließlich und Joel konnte seinen Schmerz überwinden. Auf dem Thron folgte dem Herzog sein Sohn, Ernst II. nach, welcher Joel ebenso bestens bekannt war und welchen er schon seit der Kindheit kannte. Ihm war klar, dass er auch mit dem zweiten Ernst einen guten Gebieter und Unterstützer hatte, daran bestand kein Zweifel.
Der Frühling kündigte sich an, im Gothaer Land – nur halt noch nicht auf der Schmücke. Joel und Morba waren bestens vorbereitet, für die Vorhaben des kommenden Jahres und so machte sich Tatendrang breit. Im späten März war es dann so weit und die Wege von und zur Schmücke waren wieder passierbar. Schmelzwasser hatte hier und da Schäden angerichtet, welche aber sogleich durch die beiden repariert wurden. Als der Boden trocken genug war, begann die Holzabfuhr des Wintereinschlages. Gehlberger und Goldlauterer Holzhauer halfen dabei. Die Stämme wurden auf Wagen verladen und einige Kilometer über den

Rennsteig und dann über die neu gebaute Straße nach Zella gebracht, wo große Schneidemühlen Bretter und Balken daraus schnitten.
Seit dem Bau der Chaussee war Zella besser zu erreichen und so konnten auch zügig und preiswert Bretter und Balken beschafft werden. Nach wenigen Wochen waren die Arbeiten beendet, das herzogliche Holz wurde abtransportiert und auf Joels großem Holzplatz lag das Material für den Ausbau. Der Alte verlor keine Zeit und wollte bis zum Beginn der Hauptsaison schon möglichst viel erledigt haben. Die Schmücke war seit der Erschließung des Rennsteigs nicht nur Ziel von wirtschaftlichen Gästen, wie Fuhrleuten und Holzhauern, sondern zunehmend auch von Wanderern und Kurgästen aus Ilmenau und Elgersburg.

Auch das war einer der Gründe für den herzoglichen Wunsch, Joel an der Schmücke zu wissen. Aus der gut gefüllten Hauskasse des Vorjahres konnten Zimmerleute bezahlt werden, welche unter Anleitung Joels zügig vorankamen, schließlich wusste der Alte genau was er wollte. Zuerst und vor dem größeren Andrang von Besuchern wurde die Schenke umgebaut. Der Gastraum wurde erweitert und ein Stockwerk aufgesetzt. Familie Joel erhielt mehr Wohnraum und auch im Gastraum war nun deutlich mehr Platz für Gäste. Luise übernahm die Inneneinrichtung und beschaffte von ortsansässigen Tischlern neues Mobiliar. Es folgte der Bau einer Scheune für die Heulagerung und das Anlegen eines Vorratskellers sowie der Bau von Unterkünften für das Personal. Das war auch nötig, denn auch Knecht Johann wurde nun bei den intensiven Arbeiten benötigt und Joel und Morba hatten ja auch ihre eigentlichen Aufgaben noch zu erfüllen. Luise stand somit immer öfter allein in der Wirtschaft. Innerhalb kürzester Zeit wurden zwei Mägde eingestellt, um Luise zu unterstützen. Ihre Namen waren Jette und Röse und auch sie wurden schnell ein fester Bestandteil der Schmückefamilie. In den folgenden Jahren sollten sogar zwei weitere Mägde dazukommen. Das Ehepaar Joel verschaffte ihrem Personal somit zwar ein rustikales, aber doch zufriedenstellendes Dasein auf der Schmücke. Nun waren sie schon zu sechst.

Die Arbeit wurde zwar nicht weniger und alle hatten ausreichend zu tun aber durch die vernünftige Aufgabenverteilung funktionierten alle wie eine gut geschmierte Maschine. Johann Friedrich Joel war die Achse, um die sich alles drehte – nicht aus Eitelkeit, sondern weil sein Charakter und seine Tatkraft seine Mitmenschen voll Ehrfurcht an ihn banden. Luise Joel war die moralische Instanz, heimliche Herrin der Schmücke und mütterlich fürsorgende Vertrauensperson. Fiel es ihr auch nicht immer leicht, den alten Joel zu bremsen, wenn er zu euphorisch wurde, wusste dieser doch sehr genau, was er an ihr hatte und dass ihr Rat zu befolgen war, wenn es gelingen sollte. Sie war in gewisser Weise die Innendienstbeauftragte der Schmückewirtschaft, führte das Personal und hatte den Überblick über die Finanzen, die Bestellungen und den Lagerbestand. Karl Morba war zwar streng genommen ein Außenstehender mit völlig anderem Auftrag und er und Joel mussten sich in ihrer eigentlichen Funktion gegenseitig kontrollieren, aber das war graue Theorie.

Dennoch unterstreicht es die enge Freundschaft der beiden, wenn man bedenkt, dass zwei andere Charaktere auf dem jeweiligen Posten, etwa technokratische Beamte aus Gotha, sich gegenseitig das Leben unheimlich hätten erschweren können, was sicherlich nicht zur Blüte der Schmücke beigetragen hätte. So ergänzten sich die beiden so gut, dass es als Wink des Schicksals zu betrachten war, dass sie sich hier oben in der Einsamkeit des Gebirges trafen.

Morba war nicht nur tatkräftiger Helfer und Berater von Joel, er war aufgrund seines Charakters und seiner Vergangenheit ebenfalls treibende Kraft bei der Entwicklung des Schmückemythos.

Jener Umstand wird sich in den folgenden Jahren noch zeigen. Johann Wagner, der Hausknecht, wurde von Familie Joel wie ein Sohn behandelt und er war von Beginn an loyaler, und ebenfalls tatkräftiger Gehilfe. Er fragte nicht lang nach, sondern handelte.

Johann sah die Arbeit, welche erledigt werden musste von selbst und dachte proaktiv mit. Kein Lohn der Welt konnte den Nutzen dieses jungen Mannes begleichen doch auch er wusste, was er am Ehepaar Joel hatte denn er genoss Ansehen und alle Freiheiten. Wenn es um seine Kernbereiche ging, wurde er nicht selten auch um Rat und Einschätzung gefragt. Und der wiederum unbezahlbare Lohn, den er erhielt, war die Lebensweisheit und die Gesellschaft des alten Joel und seiner Freunde. Jette und Röse waren zwar erst neu auf der Schmücke aber bereits nach wenigen Wochen voll integriert. Als sie um Anstellung ersuchten, lachte der alte Joel und sprach: „Ihr seht mir aus, wie Schneeweißchen und Rosenrot!“ – und das stimmte eigentlich auch.

Zufällig waren beide Mädchen zeitgleich auf der Schmücke erschienen, um sich um die ausgeschriebene Stelle zu bewerben. Sie kamen aus der näheren Umgebung und kannten sich vorher nicht. Doch ihr gemeinsames Auftauchen erzeugte den Eindruck, sie seien Schwestern oder

zumindest verwandt, zumal sie sich auch vom ersten Moment an gut verstanden. Der Irrtum konnte schnell aufgeklärt werden, doch war die spaßige Annahme so schnell in den Köpfen, dass Joel es immer wieder scherzhaft behauptete. Für Außenstehende war es nach einigen Monaten der Zusammenarbeit von Jette und Röse auch kaum zu glauben, dass die nicht verwandt waren.
Auch Joels Spruch über ihr Aussehen war nicht allzu weit hergeholt. Jette war schlank und zart, mit blondem Haar und Röse etwas strammer mit dunklem, fast schwarzem Haar. Beide Mädchen waren Anfang zwanzig, bildhübsch und gut gebaut, mit üppigem Busen und femininen, weichen Gesichtszügen. So jung, zerbrechlich und mädchenhaft sie auch wirken mochten, beim Zupacken bei der Arbeit machte ihnen keiner etwas vor. Sie kamen, ebenso wie Johann Wagner aus einfachsten Verhältnissen und hatten bei ihren Familien das Arbeiten gelernt. Jette und Röse beklagten sich nie über etwas, nicht über Schmutz, nicht über schweres Heben, nicht übers Holzhacken. Nur über ihre Vorgeschichte war nicht viel zu erfahren und daher hatten sie auch die Anstellung gesucht. Beide junge Frauen versprühten den Eindruck, dass sie nach Vorn schauen wollen und tatkräftig ihre Zukunft bauen, ohne sich für etwas zu schade zu sein. Obwohl damals nur eine

Stelle ausgeschrieben war, machte die gemeinsame Ankunft der beiden jungen Frauen Eindruck auf Joel und mit seiner Menschenkenntnis brauchte es nur fünf Blicke und drei Fragen und er wusste, dass er künftig *zwei* Mägde haben würde - eine Entscheidung, die er nie bereute. Die Schmückefamilie hatte zwei neue Kinder.
Es war nur etwas mehr als ein Jahr vergangen, als Johann und Luise Joel die Gebirgsschenke übernommen hatten. Sie hatten den ersten Winter erfolgreich hinter sich gebracht und die ersten umfangreichen Umbaumaßnahmen realisiert, der Herzog war verstorben und sein Sohn nachgerückt, das Personal war auf drei Personen angewachsen und zusammen mit Karl Morba waren sie insgesamt zu sechst und harmonierten prächtig miteinander – die Achse, um die sich alles drehte hatte ihre Trabanten gefunden, Joel hatte alles im Griff. Der Frühling zog ins Land und abermals wurde das Vieh ins Sommerquartier gebracht, die ersten Ausflügler kamen und in der erweiterten Schenke florierte das Geschäft. Über den Winter hatte sich die Kunde vom alten Joel oben auf der Schmücke verbreitet und so kamen auch Neugierige und Zerstreuungswillige, um den neuen Wirt zu begutachten. Keiner verließ die Schmücke unbeeindruckt.

Es war inzwischen Juni und in Joels und Morbas Kalender rückte ein bedeutsamer Termin näher. Jährlich an Johanni, dem 24. Juni hielten die gothaischen und die preussischen Förster aus Suhl Grenzbegehung am Rennsteig ab. Joel durfte diesem Treiben im letzten Jahr erstmals beiwohnen und war genervt und gelangweilt von einer derartig schläfrigen und verstaubten Gesellschaft. Hier kamen Männer zusammen, welche mit dicken Büchern die jeweiligen Reviere begutachteten, Grenzsteine überprüften und im feinsten Amtssprech versuchten, sich gegenseitig die Taschen vollzumachen. Hinzu kam, dass kleinstaaterische Witze zwischen Gothaern und Preußen, die eigentlich einfach nur Suhler waren und im nächsten Talgrund wohnten, der streng genommen noch weiter von Berlin entfernt war als Gotha, gelegentlich in handfeste Streitereien über Grenzverläufe, Baumbestände und Steinsetzungen ausarteten. Solche Kleingeistigkeit liebte Joel besonders bei seinen Mitmenschen.
Als nun abzusehen war, dass sich dieser Vorgang in einigen Wochen wiederholen sollte, sinnierte Joel über eine Lösung. Selbst ihm war klar, dass er nicht die Stellung besaß, um die feinen Herren einfach vom Scheitel bis zur Sohle durchzubeleidigen, wie sie es stellenweise verdient hätten. Eine andere Lösung musste her. Er grübelte.

Schlitzohrig, wie er war, wäre es natürlich von großem Nutzen, wenn die zu findende Lösung auch seiner Wirtschaft ein wenig einbringen würde. Joel schwebte ein Fest vor, aber dafür gab es keinerlei Anlass. Ein Fest mit großer Beteiligung, am besten gleich die gesamten Familien der feinen Herrn Beamten. Joel fiel noch immer nichts ein. Die Überlegung trat aufgrund des Tagesgeschäftes in den Hintergrund. Einige Tage vergingen.

Eines Morgens, Joel wollte etwas aus dem Haus holen, fiel sein Blick auf eine seiner Büchsen, welche er zur Jagdaufsicht benötigte und welche über der Tür hing und da fiel es ihm wie Schuppen von den Augen – ein Sternschießen musste her!

Joel überlegte nicht lange und lief gleich zu Luise, um ihr von seinem Vorhaben zu berichten – diese war natürlich hellauf begeistert, da ja sowieso kaum Arbeit zu erledigen war und rollte auch nicht gleich kopfschüttelnd mit den Augen. Joel war elektrisiert von seiner Idee, denn so konnte er die großspurigen Maulhelden, welche sich ja angeblich so gut auf das Försterhandwerk verstehen, gleich zum Beweis bitten. So schlug er zwei Fliegen mit einer Klappe. Zum einen konnte er den eigentlichen Verwaltungsakt mit Verweis auf die nachmittägliche Veranstaltung verkürzen und

zum anderen brachte die Gesamtveranstaltung Umsatz.
Es oblag sowieso Morba und ihm, die Mitteilungen für Einladung und Verlauf zu verschicken und so konnten sie einfach und unkompliziert alle Teilnehmer erreichen. Diese sollten auch gleich Frauen und Kinder mitbringen. Mit einiger Überredungskunst holte er auch Morba ins Boot, welcher natürlich gleich Ärger mit den übergeordneten Behörden befürchtete, aber grundsätzlich trotz allen Pflichtbewusstseins selbst genervt war, vom Ablauf der letzten Begehung. Morba war selbst begeisterter Schütze und liebte ebenfalls Feste und Gesellschaften und so konnte Joel ihn überzeugen. Natürlich war Luise nicht begeistert von der Mehrarbeit, aber einerseits kannte sie ja ihren Mann und andererseits war es für sie nach einem harten Winter unter Männern und vorwiegend männlichen Gästen auch eine schöne Gelegenheit mal mit anderen Frauen in Kontakt zu kommen. Auch sie willigte ein. Johann willigte sowieso ein, da er dann sein geliebtes Zitherspiel zum Besten geben konnte. Jette und Röse kicherten, als sie die Neuigkeit erfuhren und wollten gleich ihre besten Kleider heraussuchen. Joel hatte also wie immer volle Rückendeckung für sein Unterfangen.

Er und Morba setzten sich zusammen und überprüften Ablauf und Inhalt des Treffens – am darauffolgenden Tag auch direkt draußen am Rennsteig. Es sollte möglichst alles rundlaufen, am 24. Juni. Sie hatten so weit alle Eventualitäten durchdacht und beendeten ihre Vorbereitungen. Luise hatte mittlerweile ein Menü zusammengestellt und erste Vorräte besorgt. Es wurden zwei Rehe geschossen, um für angemessene und stilechte Verpflegung zu sorgen. Johanni kam näher.

Die Wälder standen in saftigem Grün und die Wiesen waren schon hochgewachsen. Das Maigrün ging ins Sommergrün über. Frühsommer setzte ein. Joel saß vor dem Haus und bereitete eine neue und erstklassige Büchse für das Sternschießen vor. Der Lauf wurde geölt, alle beweglichen Teile samt Verschluss geschmiert. Jeder Teilnehmer sollte mit demselben Gewehr schießen, um jedem dieselben Siegchancen einzuräumen. Morba kam dazu und zog, neben dem Tisch stehend an seiner Pfeife, während er Joel zusah. Joel sprach schmunzelnd, den Blick weiter auf der Waffe: „Mal sehen, wie sie sich anstellen. Ist ein tolles neues Stück, oder?“ Morba nickte, erneut an der Pfeife ziehend. Joel nahm die Büchse hoch, legte probehalber an und zielte auf die Waldkannte. „Aus Sömmerda kommt die, mit Patronen kannste die laden. Hat der alte Dreyse für die Preußen entwickelt. Wollen wir doch mal sehen, ob die Herrn preußischen Beamten sowas überhaupt schon kennen. Die stehen doch bestimmt immer noch mit Ladestock und Pulverfläschchen im Wald!" Morba lachte leise. „Joel, die sind aus Suhl, natürlich kennen die die neuen Zündnadelgewehre!" Joel schaute ihn vorwurfsvoll an und sprach: „Das hat doch mit Suhl nichts zu tun, gegen die hab ich ja überhaupt nix, machen ja alle gut Umsatz bei mir! Ich meine doch die Herrn Beamten, die alles so machen, wie sie es schon immer gemacht haben… würde mich nicht wundern, wenn der ein oder andere sogar noch mit der Armbrust auf Pirsch geht!" Morba lachte abermals und wandte sich kopfschüttelnd ab, da es Mittagszeit war und Luise sicherlich gleich rufen würde. Joel verpackte seine Reinigungsutensilien und das Gewehr und folgte seinem Freund zu Tisch.

Das Sternschießen

Es wurde Johannistag. Bereits am frühen Morgen, kurz nach Sonnenaufgang war reges Treiben auf der Schmücke. Am Vortag wurden große Tische auf der Wiese hinter dem Haus aufgestellt, Jette und Röse hatten Bäume und Sträucher mit bunten Schleifenbändern geschmückt und Johann hatte ein großes Johannisfeuer aufgeschichtet, welches sie am Abend des Festes entzünden wollten. Luise brachte die ersten Speisen heraus zur Tafel und Jette und Röse waren mit dem Schälen von Kartoffeln beschäftigt. Joel und Morba standen etwas abseits und studierten noch einmal die Karten für die heutige Begehung. Das Vieh stand auf der Wiese unweit der Festwiese und schaute interessiert und graskauend dem Treiben zu. Die Sonne durchbrach endgültig die Baumwipfel und hellster Sonnenschein erfüllte die gesamte Gebirgsbehausung. Der letzte Raureif verschwand und die Wiesen standen saftig und dampfend im frühsommerlichen Morgen. Im Hintergrund hörte man leise Kuhglocken leuten.

Die diesjährige Begehung war anberaumt für den Abschnitt zwischen *Ausspanne* und *Mordfleck*. Joel und Morba hatten beschlossen, die Begehung an der Ausspanne, in Richtung Oberhof zu beginnen, welche gute drei Kilometer entfernt lag. Aufgrund des herrlichen Morgens wollten sie die Chance nutzen, *Plänckners Aussicht* am Beerberg schon vormittags zu begehen, da man hier einen herrlichen Blick auf Suhl hatte und das die hohen Herrn noch zusätzlich entspannt stimmen sollte.

An der Ausspanne grenzten die Suhler Forsten auf preußischer Seite, rechwinklig abknickend an die Zellaer Forsten, wo das gothaer Gebiet auch südlich des Rennsteigs liegt. Von hier aus beginnend führte der Weg zurück über den Beerberg und zur Schmücke. Nach einer kurzen Rast sollte die Begehung bis zum Mordfleck weitergehen. Der Plan stand, nun fehlte noch die Durchführung.
Wagenräder ratterten, Pferdehufe klapperten. Kurz nacheinander trafen die Gäste, samt Frauen und Töchter ein. Es war mittlerweile nach neun und der Tag war angenehm warm. Joel wusste um die Notwendigkeit jetzt zügig die Gemüter der Damen zu umsorgen, da diese ja einige Zeit in ihren Kutschen durch die kalte Morgenluft gefahren waren. Die Familienoberhäupter ritten auf Pferden nebenher. Die Damen hatten alle samt schöne Kleider an und trugen Hauben gegen die Kälte, welche sie mit langen Schleifenbändern unter dem Kinn befestigt hatten. Insgesamt waren es vier Amtsträger aus Suhl und Schleusingen und der Förster von Goldlauter. Auf gothaischer Seite waren zwei Protagonisten ja quasi hauptberuflich vor Ort und es kamen noch der vorgesetzte Oberforstrat aus Ohrdruf und ein Sekretär des herzoglichen Hofes aus Gotha. Der Förster aus Goldlauter war ein guter Freund von Joel und Morba und

häufig selbst Gast auf der Schmücke. Er war seit langem verwitwet und verbrachte lieber Zeit im Wald als unter Menschen. Er war ein Forstmann alten Schlags und hatte reichhaltige Kenntnisse über Flora und Fauna, er schätzte Joel und Morba, obwohl sie erheblich jünger waren als er, und vertraute ihnen.
Auch der Sekretär aus Gotha kam allein, er war Junggeselle und mit seiner Arbeit verheiratet. Joel stellte ersteren Umstand stets in Zusammenhang mit zweiterem Umstand, wenn es um diesen Herrn ging. Für Joel war er das Paradebeispiel für die beschriebenen Amtsschimmel, welche sie heute erwarteten. Aus seiner Sicht waren das Leute, welche genau einmal im Jahr - heute, an Johanni - den Wald sahen und den Rest des Jahres, wie die Blinden von der Farbe in ihren Amtszimmern über Dinge philosophierten, welche sie gar nicht verstanden.
Oberforstrat Salzmann aus Ohrdruf war ein strenger, aber guter Vorgesetzter. Er war ein Mann großer Erfahrung und verstand sein Handwerk, was er ebenso von seinem unterstellten Bereich verlangte. Sein vollständiger Name war Ernst Julius Theodor Salzmann, Sohn von Christian Gotthilf Salzmann, einem Freund Goethes. Joel und Morba konnten gut mit ihm arbeiten, aber es blieb eine fachlich kühle Distanz. Er hatte nur noch

wenige Jahre bis zur Pension und war am heutigen Tag mit Ehefrau und seinen beiden erwachsenen Töchtern angereist. Mit ein wenig Glück, könnte Morba ihm in einigen Jahren im Amte nachfolgen.
Johann nahm die Wagen samt Pferden und Kutschern in Empfang und kümmerte sich um alle. Die Pferde bekamen Futter und die Kutscher ein ordentliches Frühstück. Morba hielt sich wie immer erstmal etwas im Hintergrund, machte aber ein freundliches Gesicht, wie es seiner Natur entsprach. Luise kam heraus, um die Frauen zu begrüßen und der alte Joel – die Achse der Schmücke – schob sein grünes Hauskäppchen zurecht und schritt, mit seiner altbewährten, übertrieben forschen Freundlichkeit den Offiziellen entgegen. Einer nach dem anderen wurde begrüßt, zumeist mit einem humorvollen Kommentar und die Männer begrüßten sich gegenseitig. Im Großen und Ganzen kannte man sich. Während sich die preußische Abordnung mit ihrem Gothaer Kollegen besprach, kam Oberforstrat Salzmann hinüber zu Joel und Morba. Er war einige Zeit nicht auf der Schmücke gewesen und zeigte sich angenehm überrascht von Joels Fortschritten, welchen er ebenfalls sehr wohlwollend gegenüberstand. Durch Joels Bemühungen und die Aufwertung der Schmücke samt steigenden Gäste- und

Besucherzahlen, versprach er sich auch eine steigende Akzeptanz für die Forstwirtschaft im Gothaer Land.
Nach finaler Beratung und kurzer Einweisung durch Joel brach man auf, in Richtung Ausspanne. Fast wie bestellt, hatte man von der *Plänckners* Aussicht an diesem warmen Frühsommertag einen herrlichen Blick, welcher alle Beteiligten selig stimmte und die Zusammenkunft ungemein erleichterte. Es gab wenig strittige Besprechungspunkte und keinen Streit. Die Grenzsteine wurden gemeinschaftlich begutachtet, Schäden notiert und anfallende Reparaturen bei Joel in Auftrag gegeben. Die zu erwartenden Fachsimpeleien fanden wenig bis gar nicht statt und man erlebte eine ausgelassene Männerrunde, welche sich über private Reisen, den Arbeitsplatz und die Schönheit der Natur unterhielt. Angeleitet durch den heimlichen und unerklärten Führer der Gruppe – Johann Friedrich Joel. Er hatte es abermals vermocht, durch humorvolle Gastgeberschaft und bestimmtes, aber höfliches Auftreten, das Regiment zu übernehmen, ohne dass einer der Beteiligten sich übervorteilt fühlen musste. Selbst der junge gothaische Amtmann taute langsam auf und begann selbst zu scherzen. Am Mordfleck wurde der letzte Grenzstein begangen und alle Aufzeichnung finalisiert. Nachdem nun die

offizielle Arbeit erledigt war und der inoffizielle Teil winkte, wurde die Stimmung noch ausgelassener. Auf dem Rückmarsch zur Schmücke, ließ Joel sich ein Stück zurückfallen und beobachtete eine Weile die Gruppe Männer, welche sich angeregt unterhielten, als sei es eine Schülergruppe beim Wandertag. Joel musste grinsen. „Geht doch!“, dachte er sich. „Denen darfste gar nicht die Chance geben, ins Schwadronieren zu kommen und schon geht´s!“ Tatsächlich hatten sie ihre Arbeit zügiger denn je erledigt und Joels bestimmende, aber freundliche Art hatte den ganzen Zauber abgekürzt. Alle waren zufrieden, wollten nun Kurzweil auf der Schmücke erleben und Joel hatte Zeit und Nerven gespart und konnte nun dem nachgehen, was er am besten konnte – Gastgeber sein.
Luise und die Mädchen hatten alles vorbereitet. Die Damen und ihre Töchter saßen bei Tee und Gebäck an einer großen Tafel auf der Wiese und genossen den, nunmehr warmen Sommertag. Die Kutscher saßen etwas abseits vor dem Haus an einem kleinen Tisch und vergnügten sich beim Kartenspiel, während man laute und derbe Scherze hören konnte. Jette und Röse nahmen ihrer Chefin die Arbeit ab, füllten die Tassen nach, brachten Kuchen und Gebäck und erfüllten den Gästen jeden Wunsch. Frau Joel saß an der Stirnseite der

Tafel und führte das Gespräch. Auch sie war, wie ihr Mann eine gute Gastgeberin und es fiel ihr leicht, empathische und interessierte Gespräche zu führen. Die Damengesellschaft war ausgelassen.

Der alte Joel erreichte mit der gesamten Entourage die Schmücke und die Männer gliederten sich sogleich in die Damengesellschaft ein. Johann brachte große Krüge mit Bier – Feierabendbier, wie Joel stolz verkündete. Die Männer griffen eifrig zu und man stieß ausgelassen an. In lockerer Runde dankten alle Beteiligten dem alten Joel für die Durchführung und waren sichtlich froh, über den kurzen, aber erfolgreichen Arbeitstag. Oberforstrat Salzmann ergriff das Wort und dankte Joel ebenfalls noch einmal ausdrücklich, stellte jedoch frötzelnd heraus, dass es ja eigentlich zu erwarten sei, dass seine gothaischen Kreiser und Förster alle hervorragend arbeiten. Joel lachte und stieß dem Förster von Goldlauter freundschaftlich mit dem Ellenbogen in die Hüfte, als dieser die Augen verdrehte. Es wurde gelacht. Der Oberforstrat beendete seine kleine Ansprache und sprach zu Joel: „Nun, Vater Joel, wie geht es nun weiter? Ihr habt mir berichtet, ihr hättet noch etwas vorbereitet!“

Die Frage war natürlich rhetorischer Natur da alle Bescheid wussten und ja auch extra ihre Frauen und Töchter mitgebracht hatten. Joel grinste und gab Johann ein Zeichen. Dieser lief hinüber zum Schuppen und holte die vorbereitete Büchse und die Munition. Das Gewehr am langen Arm, kam er auf die Männerrunde zu. Joel konnte sich abermals das Grinsen nicht verkneifen. Die Augen der Umstehenden öffneten sich weit, staunende Gesichter und ein leises Raunen war zu vernehmen. Anhand des markanten Repetierhebels am Gewehr, ahnten die Männer, um was es sich da handelte. Johann kam näher und alle Blicke richteten sich auf das Gewehr.

Joel setzte zu einer Ansprache an, während er Johann das Gewehr abnahm, den Blick auf den Umstehenden: „Meine Herren, ich präsentiere: das neue Dreyse Zündnadelgewehr aus preußischer Produktion, naja eigentlich aus Sömmerda, aber das liegt nun mal in Preußen. Der Vorteil ist: das ist ein Hinterlader.“ Joel nahm eine der Patronen zwischen Daumen und Zeigefinger und hielt sie mit der rechten Hand hoch, während er mit der linken das Gewehr hielt. Er drehte mit dem Handballen den Verschlusshebel nach oben, schob ihn zurück, bis der Verschluss offen war, schob mit sicherem Griff die Patrone in das Patronenlager und schloss den Verschluss. „Die Büchse hat zwar keine große Reichweite, aber man kann bequem von hinten laden und braucht keinen Ladestock

mehr. Pulver und Kugel sind in der Patrone und werden beim Schuss per Zündnadel, oder besser gesagt Schlagbolzen, gezündet." Joel hielt die fertiggeladene Waffe locker vor der Hüfte und schaute hinüber zu den Frauen. „Die Damen, nicht erschrecken, jetzt knallt´s!" Er legte in die Luft an und drückte ab. Ein Schuss brach. Er nahm die Waffe herunter, öffnete den Verschluss, aus dem eine kleine Schwade Pulverdampf aufstieg und entfernte die Patrone. „Das war alles.", sagte er. Die Männer staunten.
Die neuartige Waffe war bekannt aber die wenigsten der Anwesenden hatten sie bisher persönlich gesehen. Joel gab die Waffe herum, sodass jeder sie betrachten und in Probeanschlag gehen konnte. Fachgespräche wurden geführt. Nach längerem Gespräch und Meinungsaustausch führte Joel die Männer an den Rand der Wiese, wo Knecht Johann bereits einen hölzernen Stern, sowie eine einfache Zielscheibe aus Papier aufgebaut hatte. Beides stand in einer Entfernung von fünfzig Metern, leicht bergan, an einer malerischen Waldkannte. Johann kam herüber, holte eine Handvoll Patronen aus der Tasche und übergab jedem der Männer zunächst drei. Joel wies die Männer ein und verkündete, dass jeder nun zunächst drei Probeschüsse habe und man dann ein Sternschießen veranstalte. Ziel des letzteren war

es, bei dem hölzernen Stern, welcher in etwa die Größe eines Suppentellers hatte und an dem fünf Zacken prangten, jene Zacken einzeln herabzuschießen. Die Zacken waren am Grundkörper festgeklemmt und würden im Falle eines Treffers herabfallen.
Die Männer absolvierten ihre Probeschüsse und taten sich zunächst alle schwer, mit den neuartigen Patronen. Die Handhabung der Waffe als solches stieß jedoch auf breite Zustimmung. Dennoch waren die Unterschiede zwischen den *Bürohengsten* und den *Außendienstlern* mehr als deutlich. Lediglich der junge Amtmann aus Gotha schoss dreimal zielsicher und zog so die Achtung der Umstehenden auf sich.
Nach dem Einschießen brachte Jette eine Runde Zielwasser in Form von hausgemachtem Bärwurz und man stieß an. Das eigentliche Sternschießen begann. Johann hatte kleine Pappschachteln mit Patronen vorbereitet und hielt diese bereit. Joel erklärte den Modus des Wettschießens. Es sollte insgesamt drei Runden geben, in welcher jeder Schütze je fünf Patronen erhält. Für einen heruntergeschossenen Zacken gab es einen Punkt. Johann war der Herr der Kladde und notierte die jeweiligen Punktestände. Nach den jeweiligen Runden musste er nach vorn laufen und die Zacken wieder befestigen. Der Wettkampf begann.

Joel legte vor und traf zielsicher fünf Mal. Er hatte den Wettkämpfern zuvor angeboten, sich selbst drei Strafpunkte zu schreiben, da es sich ja um sein eigenes Gewehr handelte, was diese jedoch ablehnten. Schließlich wussten alle Beteiligten, dass der alte Joel auch mit jedem anderen Gewehr hervorragende Ergebnisse erzielen würde. Einer der Männer teilte, zur Erheiterung der anderen, seine Überzeugung mit, dass Joel vermutlich sogar mit einer Steinschleuder den Sieg davontragen würde. Der junge Amtmann aus Gotha war der nächste und erzielte ebenfalls fünf Treffer – ganz zum Erstaunen seiner Konkurrenten. Der Oberforstrat hatte gleich berichtet, dass er ein miserabler Schütze sei, was er mit einem Punkt auch sogleich unter Beweis stellte. Morba schoss vier Punkte und übrigen Männer erzielten durchwachsene Punktzahlen, lediglich der alte Goldlauterer konnte ebenfalls fünf Punkte erzielen. Runde eins war um und Jette brachte Bärwurz.

Runde zwei, selbes Ergebnis, außer dass Salzmann nun zwei Punkte erhielt und Morba nur drei. Jette brachte Bärwurz.

Den jungen Amtmann aus Gotha hatte der Ehrgeiz gepackt, da er bisher volle Punktzahl hatte. Er, Joel und der Goldlauterer Förster würden nun um den Sieg kämpfen. Die Nervosität war dem jungen Mann deutlich anzumerken, da er überaus gekünstelt versuchte, gelassen zu wirken. Joel und sein Kollege schauten sich an und brauchten nichts sagen, um sich zu verstehen. Sie selbst brauchten sich gegenseitig nicht mit derlei Spielereien beeindrucken und hegten keinen Ehrgeiz zum Sieg. Joel hielt streng genommen sowieso nichts von Schießwettkämpfen. Er hatte lediglich kindlichen Spaß am geselligen Miteinander und dem Schießen an sich. Er vertrat die Ansicht, dass man im Wald den Rehbock treffen müsse, um satt zu werden und ein hölzerner Stern auf einer Wiese eher schwer zu verdauen war. Auch Medaillen und Pokale hatten für ihn keinen Wert. Joel wusste, dass es dem alten Förster, seinem guten Freund, genauso ging.

Die beiden Männer nickten sich ohne Worte zu und Joel ergriff das Wort. Zum jungen Konkurrenten gewandt, sagte er: „Nun, meine Herren, mir scheint, als ob wir drei Anwärter auf den Sieg haben. Ich schlage vor, dass wir in der letzten Runde nach Punkten aufsteigend beginnen, sodass es etwas spannender wird.“ Die Männer stimmten ausgelassen zu, gab es doch für sie sowieso nichts mehr zu gewinnen. Auch der Goldlauterer stimmte ruhig brummend zu. Der junge Amtmann antwortete nervös und halb stotternd: „K… Kl… Klar, so machen wir´s!“

Salzmann legte vor und kam auf insgesamt sechs Punkte. Die Suhler schafften jeweils acht, beziehungsweise neun und Morba kam auf solide zwölf Punkte. Nun war Joel an der Reihe. Den ersten Schuss setzte er bewusst weit daneben und verwies gespielt verdutzt auf unabsichtliches Abkrümmen. Schuss zwei, drei und vier trafen ihr Ziel und die Zacken vielen. Bei jedem Treffer zuckten die Schultern des Amtmanns nervös. Den letzten Schuss setzte Joel zielgenau auf die Spitze des Zackens, sodass er zwar traf, aber der Zacken nicht fiel. „Schade!“, rief er und gab das Gewehr weiter. Johann notierte dreizehn Punkte. Der junge Gothaer war dran. Sichtlich angespannt legte er an. Seine Hand zitterte. „Halt!“, rief Joel. Der Schütze setzte ab. „Jette, einen doppelten Bärwurz für den jungen Herrn, der zittert mir zu doll!“
Jette brachte einen Doppelten, der Gothaer schluckte ihn mit verzogenem Gesicht herunter. Joel trat an ihn heran und sprach gönnerhaft: „Nun noch mal zusammenreißen. Wir wollen sehen, was so ein Amtsschimmel wie du kann!“ Die Männer lachten. Der Schütze legte wieder an. Mit leichtem Zittern krümmte er ab, der Schuss brach und traf sein Ziel - der Zacken fiel. Der Gothaer schaute etwas verdutzt über das Visier, seine Hand war ruhiger und er hatte wieder Vertrauen

gefasst. Mit Leichtigkeit lud er nach, Schuss zwei und drei trafen ihr Ziel. Der vierte Schuss ging knapp daneben aber der letzte traf erneut. Johann notierte vierzehn Punkte.

Der Amtmann war zufrieden und sichtlich überrascht von seiner Leistung. Als der Goldlauterer Förster als letzter dran war, nickten Joel und er sich erneut zu, die Mission war klar. Er legte an und schoss auf den Rand. Ein knapper Treffer der Zacken fiel. Er nahm das Gewehr in die Hüfte und tat so, als ob es zu schwer wäre und wackelte zur Auflockerung mit den Knien. Der zweite Schuss ging daneben. Die Männer, die die Absprache natürlich nicht mitbekommen hatten, rissen die Augen weit auf. Die Spannung war zu greifen. Nun war es maximal noch ein Unentschieden. Jette, die natürlich genauestens mitbekommen hatte, was der Alte da wieder ausgeheckt hatte, schenkte schon mal die letzte Runde Bärwurz ein. Der Förster wollte es nun natürlich noch einmal spannend machen und brachte die Schüsse sicher ins Ziel. Nun war noch ein letzter, entscheidender Schuss zwischen dem jungen Amtmann aus Gotha und seinem überraschenden Sieg. Der alte Förster legte an, zielte, zielte, zielte und setzte ab. Der junge Mann stöhnte und viel fast in Ohnmacht vor Spannung. Joel schmunzelte. Der Förster zwinkerte Joel zu, hob die Büchse, legte an und schoss.

Der letzte Schuss brach wie in Zeitlupe. Alle Beteiligten schauten auf den Schützen. Pulverdampf stieg auf, das Gewehr schnellte hoch und der Rückstoß entlud sich in der Schulter des Schützen, welcher reflexartig die Augen zukniff. Die Köpfe folgten der Schussbahn und die Blicke gingen auf den letzten Zacken. Die Kugel tuschierte den Rand. Holzspreißel flogen. Der Zacken wackelte doch fiel nicht. Die Blicke gingen auf den jungen Amtmann und Sieger des Sternschießens. Dieser, sonst so gefasste und reservierte junge Mann riss die Arme hoch und brach in Jubel aus. Die Umstehenden applaudierten und klopften im freundlich auf die Schulter. Jeder schüttelte ihm die Hand und gratulierte ihm. Der Förster gab Johann das Gewehr und gratulierte ebenfalls. Jette brachte die Siegerrunde Bärwurz.
Während die Männer weiter den Sieger feierten, kam der Oberforstrat kopfschüttelnd und grinsend hinüber zum alten Joel, der etwas abseitsstand. Neben ihm stand Morba und stopfte sich, wie immer seine Pfeife. „Joel, Joel, Joel…“, sprach der Vorgesetzte Forstmann seinen Kreiser an. „Das habt ihr doch eingefädelt, damit das Jüngchen auch mal irgendwas gewinnt, oder?“ Joel tat völlig ahnungslos: „Ach, ich bin einfach etwas aus der Übung. Ist ja auch ne neue Technik, damit kennen sich die Jungen natürlich besser aus. Hat

er wenigstens was zu erzählen in Gotha!“ Morba lachte kurz, während er die Pfeife anbrannte. Joel unterbrach das Getümmel und Gebrummel mit den energischen Worten: „So, meine Herren wir haben einen Sieger! Ich gratuliere, Herr Amtmann!“ Er reichte ihm die Hand und schüttelte diese mit festem Händedruck und ehrlicher Freude. Johann, der eingeweiht war, hatte den Holzstern geholt und gab ihn Joel. Joel wäre nicht Joel gewesen, wenn er sich nicht etwas Schönes als Preis überlegt hätte. Mit den älteren Teilnehmern hätte er das sicherlich nicht machen können, aber die hatten ja auch nicht gewonnen. So nahm er den Holzstern, an dem ein langes Band befestigt war und hängte ihn dem etwas verdutzten Sieger wie eine überdimensionale Medaille um den Hals: „Herr Amtmann, ich überreiche Ihnen feierlich den ersten Preis des ersten offiziellen *Schmücker Sternschießens*, auf dass Sie bei Ihren Kollegen in Gotha Eindruck machen!“ Gelächter brach aus, jedoch nicht aus Häme, sondern aus ehrlicher Freude über den gelungenen Spaß. Röse kam herüber und hatte die weiteren Preise vorbereitet, einen selbstgebackenen Holunderkuchen von Frau Joel und eine übergroße Pulle Bärwurz. Röse, die ungefähr genauso schüchtern war, wie ihr Arbeitgeber, übergab dem Schützenkönig die Preise, sodass dieser vollbepackt, mit Stern um

den Hals, Kuchen in der einen und Flaschen in der anderen Hand, etwas betröppelt dastand. Da sie den jungen Burschen auch gar nicht so sehr unansehnlich fand, gab sie ihm einen dicken Siegesschmatzer auf die Wange. Der junge Mann wusste nicht so recht, wie ihm geschah und wurde plötzlich Puterrot vor Verlegenheit. Die anderen Männer lachten nun natürlich noch lauter.
Unter weiterem Schulterklopfen und wohlwollenden Kommentaren gingen alle, den Sieger in der Mitte, hinüber zur Tafel mit den Frauen und was folgte war ein rauschendes Fest. Bis in die Nach hinein wurde gelacht, getanzt und noch so manches Glas geleert. Joel zeigte sich von seiner sonnigsten Seite und Johann begeisterte alle mit seinem Zitherspiel. Die jungen Damen tanzten miteinander und holten auch den, noch immer verlegenen Schützenkönig in ihre Runde, unter freudiger Beobachtung der älteren. Auch der verwitwete Förster aus Goldlauter genoss den Abend bei seinem Freund Joel und hatte für diesen Moment all seinen Gram vergessen. Der Forstkommissar war stolz auf seine beiden Mitarbeiter und freute sich über seinen sorglosen Job. Auch die Suhler Preußen waren sehr froh über die neuerliche Entwicklung im Nachbarrevier und hatten Familie Joel ins Herz geschlossen. Johann, Jette und Röse hatten natürlich die ganze Arbeit doch

bereitete diese ihnen große Freude. Sie gehörten zur Familie und wurden bei allem eingebunden, unter diesen Umständen ging die Arbeit leicht von der Hand. Joel hatte ein Zeichen gesetzt und sich und Morba für die kommenden Jahre die Arbeit erleichtert. Der Abend verging und alle fuhren heim – waren jedoch nicht zum letzten Mal auf der Schmücke.

Für Joel lief alles wie am Schnürchen und er hatte den Laden sprichwörtlich im Griff. Das zweite Jahr seines Schaffens an der Schmücke war in vollem Gange und abermals sprudelten die Umsätze. Luise hatte die Gastwirtschaft noch weiter verbessert und mit Hilfe von Jette und Röse gingen alle Arbeitsgänge leicht von der Hand. Knecht Johann fungierte als eine Art Springer und griff dort ein, wo seine Hilfe am meisten gebraucht wurde – mal bei den Frauen in der Wirtschaft und mal bei Joel und Morba im Wald. Es lief rund.

Prinz Albert

August 1845

Für das Herzogshaus von Sachsen-Coburg-Gotha waren die Schmücke und die Wirtsfamilie Joel stets ein verlässlicher Rückzugsort. Nicht selten statteten sie mit Teilen ihres Gefolges der kleinen Gastwirtschaft oben am Rennsteig einen Besuch ab. Kurz nachdem Johann Friedrich Joel die Schmücke im Jahr 1843 auf Initiative von Herzog Ernst I. übernommen hatte, war dieser überraschend verstorben. Ihm folgte der älteste seiner beiden Söhne, welcher ebenfalls Ernst hieß, als Ernst II. auf dem Thron nach. Der jüngere Sohn, Albert war inzwischen mit der britischen Königin Victoria verheiratet und lebte in England.
Beide Söhne waren als Jungen und junge Erwachsene häufig zu Gast bei Joels Vater in Gotha im Gasthaus zum Schützen gewesen und man kannte sich gut. So begrüßten es auch beide, dass ihr Vater mit einer gewissen Weitsicht Johann Friedrich Joel, als Vertrauten der Familie auf der Schmücke installierte und so diese Schenke in malerischer Umgebung zu einer Art sicherem Rückzugsort machte. Auch Ernst II. schätzte das Verhältnis zu

Joel, welcher stets mit einem pragmatischen Ratschlag aufwarten konnte, falls nötig. Zum Zeitpunkt der Thronübernahme 1844 war der Herzog gerade 26 Jahre alt, Joel hingegen genau doppelt so alt. So war Joel in einigen Belangen ein väterlicher Berater, wenn den Herzog Sorgen mit dem Volke plagten. Für Albert, welcher nur ein Jahr jünger war als sein Bruder, galt dasselbe.
Der Alte auf der Schmücke verfolgte die Entwicklungen und Nachrichten des Herzogtums eifrig und auch wenn er dort oben am Rennsteig vermeintlich weit ab von Schuss war, war er doch auf verblüffende Weise stets bestens informiert.
Im Jahr 1845, das nunmehr sechste Ehejahr von Albert und Victoria war angebrochen, kamen beide nach Gotha, um Alberts Bruder Ernst zu besuchen. Albert war zu diesem Zeitpunkt bereits vierfacher Vater. Die Reise der Queen hatte natürlich einen offiziellen Charakter und in Gotha gab es großen Bahnhof samt aller höfischen Gepflogenheiten, streng nach Protokoll.
In den Vorjahren war Albert zum wichtigsten Berater seiner Frau aufgestiegen und in gewisser Weise der heimliche König geworden, welcher einen Großteil der Politik des *Empire* kontrollierte. Er hatte sich sowohl innenpolitisch als auch außenpolitisch eingebracht, war in die *royal society* aufgenommen worden und hatte sich auch um

die Arbeiter und die Wissenschaft verdient gemacht. Er plante außerdem die erste Weltausstellung in London, die Erbfolge war mit zwei Söhnen gesichert und die erste größere Ehekrise mit Victoria überstanden. Man kann sagen, Albert war mit viel Fleiß und Kraftanstrengung in seiner Rolle und beim Volk angekommen. Zeit zu verschnaufen.

Die Reise in sein geliebtes Thüringen sollte dabei auch für Zerstreuung sorgen und er wusste, dass sein Bruder Ernst Mittel und Wege finden würde, ihnen diese zu verschaffen. Sie gingen mehrfach auf die Jagd und verweilten auf Schloss Reinhardsbrunn. Für die beiden Brüder war es plötzlich wieder wie früher als sie noch Jungen waren. Die ernsten Gedanken waren wie verflogen und man widmete sich ausgelassen der Jagd. Nach einigen Tagen eröffnete Ernst seinem Bruder, man müsse kurzzeitig zu einer Inspektion der herzoglichen Truppen bei Ohrdruf aufbrechen, da die Truppen dort im Manöver lägen. Albert möge ihn doch begleiten, bat er. Dieser stimmte widerwillig, aber dienstbeflissen zu.

Er hatte gehofft, derlei offizielle Termine noch einige Tage vermeiden zu können aber gut... Wenn Ernst meinte es sei wichtig, musste es erledigt werden. Er war so sehr von der Notwendigkeit überzeugt, dass ihm in keiner Weise auffiel, dass

Ernst die Entourage, mit welcher sie gen Ohrdruf aufbrachen auf ein Minimum begrenzt hatte. Sie kamen, noch in einer Kutsche fahrend, in Ohrdruf an. Unweit der Stadtgrenze lag der Übungsplatz, von welchem aber weder Lärm noch Geschützdonner zu vernehmen war. Ernst bat Albert von der Kutsche auf ein Pferd umzusteigen und ihm zu folgen. Albert war etwas verdutzt aber folgte der Bitte seines Bruders, gab es doch keinerlei Grund dies nicht zu tun.
Sie ritten am Rande Ohrdrufs entlang, in Richtung Luisenthal, wo die dichten blaugrünen Wälder des Thüringer Waldes begannen. Als sie Luisenthal erreicht hatten, wies Ernst einige der Begleiter zur Umkehr an, welche sogleich auf ihren Pferden kehrtmachten. Schlussendlich waren sie noch zu fünft. Die drei anderen waren die beiden persönlichen Sekretäre der Brüder sowie ein höherer Beamter des Hofes aus Gotha. Alberts Sekretär Christian Friedrich von Stockmar, schien jedoch bereits eingeweiht zu sein. Stockmar war ein alter Familienfreund und Albert als Berater nach England gefolgt. Auch wenn er selbst nicht unbedingt für seinen Humor bekannt war, war doch zu erwarten, dass er Ernsts Bitte nicht abschlagen konnte. Albert wurde das Ganze allmählich zu dumm und er stellte seinen Bruder zur Rede.

„Jetzt sagst du mir gefälligst erst, was du vorhast, sonst reite ich keinen Meter weiter!“, blaffte er seinen Bruder recht unköniglich an. Ernst wies sein Pferd zum Halten, auch die Begleiter stoppten. Er machte kehrt und ritt ein Stück zu seinem Bruder zurück. Sie standen in entgegengesetzter Richtung nebeneinander und schauten sich an. Albert blickte leicht genervt und fordernd drein. Ernst überlegte kurz, war dann aber der Auffassung, dass sein Plan ja sowieso schon weit genug funktioniert hatte und er Albert nun einweihen könnte.
„Beruhige dich!“, mahnte Ernst väterlich. „Ich habe zu Protokoll geben lassen, dass wir uns am heutigen Tage zur Truppeninspektion in Ohrdruf aufhalten. Mein Regimentskommandeur, Oberst Plänckner, den du ja noch kennen wirst, ist eingeweiht. Die Truppen halten heute ein kleines Manöver und alle werden bezeugen können, uns beide heute gesehen zu haben. Dumm nur, dass wir gar nicht dort sind…“
Albert war mäßig überrascht, war Ernst doch bekannt dafür, stets jede mögliche Ausrede zu nutzen, um mehr oder weniger heimlich auf die Jagd zu gehen. Streng genommen war es meist weniger heimlich, da es ja jeder wusste, aber was sollten sie schon machen: er war schließlich der Herzog. Und so war es offensichtlich auch heute.

Albert von Sachsen-Coburg-Gotha

Ernst II. von Sachsen-Coburg-Gotha

Albert senkte den Kopf und ließ demonstrativ sein Kinn auf die Brust fallen. Nach einem kurzen Moment hob er den Kopf und schaute seinen Bruder mit hochgezogener Augenbraue an: „Lass mich raten, wir gehen in Oberhof auf die Jagd?“
Ernst grinste. „Aber aber, teuerster Bruder!“ Er lehnte sich auf seinem Pferd nach vorn, senkte den Kopf und machte mit ausgestrecktem Arm die Geste eines Dieners: „Ihr, Eure königliche Hoheit, Prinz Albert, geht Euch heute mit Eurem herzoglichen Bruder, königlich besaufen! Und zwar beim alten Joel!“
Albert musste lachen und schüttelte den Kopf. „Beim alten Joel? Den habe ich schon ewig nicht mehr gesehen! Sein neues Domizil kenne ich noch gar nicht!“
„Eben!“, sprach Ernst, „Und wo könnte es bessere Zerstreuung geben als oben an der Schmücke? Jagen waren wir erstmal genug, das reicht jetzt sogar mir!“
Albert war ein wenig unwohl bei dem Gedanken, schließlich war er nunmehr der Gemahl der britischen Monarchin und Ernst und er nicht mehr die coburg-gothaischen Prinzen, die sich allerhand Schabernack erlauben konnten. Andererseits lagen anstrengende Monate hinter ihm und die Reise nach Gotha diente ja primär der Zerstreuung und geistigen Erbauung. Ihm war klar, dass

sein Bruder alles gut durchdacht hatte, und er konnte sich auch sicher sein, dass Victoria ihm das kleine Abenteuer nicht verübeln würde. Nach kurzem Überlegen willigte er mit einer gespielt widerwilligen Geste in das Vorhaben seines Bruders ein. Sie machten sich auf den Weg von Luisenthal nach Oberhof.

Nach kurzer Zeit erreichten sie den Ort, welchen sie jedoch ohne weiteren Halt passierten und erreichten sogleich das sogenannte *Rondell,* jenen Obelisken an der Kreuzung der Chaussee nach Zella St. Blasii und des Rennsteigs, welcher als Erinnerung an den Straßenbau errichtet wurde. Hier bogen sie nach links auf den Rennsteig ab und es waren nur noch wenige Kilometer über den Großen Beerberg hin zur Schmücke.

Albert genoss den Ritt, erinnerte er sich doch bei nahezu jedem Baum an ein Detail seiner Kindheit in Gotha und Coburg. Es war ein warmer Augusttag und die Wälder und Täler standen in jenem mystisch schönen Blaugrün, welches es scheinbar nur hier zu geben schien. Was er zu diesem Zeitpunkt noch nicht wissen konnte war, dass er wenige Jahre später in Schottland ein Schloss namens *Balmoral* erwerben würde, um mit der dortigen, ähnlichen Landschaft einen Hauch seiner geliebten Thüringer Heimat erleben zu können.

Albert und Ernst ritten nebeneinander und kamen nun erstmals dazu, abseits des Protokolls ungezwungen miteinander reden zu können. Wer nun glaubte, es handelte sich um hochgeistige Gespräche mit politischer Tragweite, fehlte weit. Die Gespräche waren wie früher und die beiden jungen Männer tauschten einfach ihre Erlebnisse der letzten Monate aus; was so in Gotha, Coburg und London passiert war; wer gestorben war und was es Neues gab.
Ihre Begleiter hielten bewusst ein wenig Abstand und gönnten den hohen Herren ihre Zweisamkeit. Alberts anfängliche Skepsis hatte sich gelegt und er genoss den freien Tag mit seinem Bruder. Nach kurzer Zeit erreichten sie die weitläufige Waldwiese, welche Schmücke hieß.
Die Pferde trabten langsam den kleinen Schotterweg hinunter und vorbei an den halbhohen Fichten des Waldrandes öffnete sich ein malerischer Blick über die Wiese, die Handvoll Gebäude und über den Sachsenstein tief hinein ins Tal in Richtung Ilmenau. Ernst war zwar erst im Jahr zuvor bei Joel gewesen aber die baulichen Erweiterungen hatte auch er noch nicht gesehen. Albert war zuletzt als Junge hier, noch ehe er nach England ging.
Beide blickten sich interessiert und erstaunt um. Einige Meter dahinter folgten ihre Begleiter zu

Pferde. Das leise Traben der Tiere hatte man trotz allem im Gasthaus gehört und so war es nicht verwunderlich, dass der alte Joel schon vor der Wirtshaustür wartete. Beleibt wie er war und mit den Händen in der Hüfte stand er erwartungsvoll vor dem Gasthaus. Er trug eine Schürze und, wie gewohnt, sein grünes Hauskäppchen auf dem Kopf. Albert, in Erwartung eines freudigen Gesprächs sinnierte, wann er den Alten das letzte Mal gesehen hatte. Zumindest war es einige Jahre her und Joel damals noch nicht so dick und rund. Nichtsdestotrotz war Albert hoch erfreut dieses überaus vertraute Gesicht wiederzusehen. Die letzte Begegnung musste einer der unzähligen Aufenthalte im Gasthaus Zum Schützen gewesen sein und Albert war noch ein pubertierender Junge – das war gute zehn Jahre her. Ernst war inzwischen Herzog, er selbst Prinzgemahl der Königin von England und der alte Joel war zwar älter und runder geworden, aber Ernst hatte bereits berichtet, dass auch er nun seine Lebensaufgabe gefunden hatte.

„Was sehen meine alten, müden Augen?“, schmetterte Joel als sie sich näherten. „Der junge Albert ist ein stattlicher Mann geworden!“

Von der Seite kam bereits Knecht Johann, welcher es inzwischen gewohnt war, bei solch hohem Besuch souverän zu handeln. Die fünf Reiter hielten

an und stiegen ab. Johann übernahm die Pferde und führte sie auf die Weide. Ernst und Albert gingen sogleich auf Joel zu. „Vater Joel, ich konnte nicht anders, als meinen lieben Bruder zu Euch auf die Schmücke zu bringen, wenn er schon einmal den weiten Weg von England nach Gotha findet!“ Joel hatte seinen Blick fest auf dem jungen Albert und war erfüllt von ehrlicher Freude. Albert agierte etwas schüchtern aber sprach schlussendlich: „Vater Joel, es ist schon ein Weilchen her. Es ist schön, Euch hier in Eurem neuen Domizil besuchen zu können. Ihr habt offenbar einiges geschafft hier oben!“
Joel lachte und entgegnete: „Das ist wohl wahr! Es ist auch mir eine Freude, die beiden jungen Herren bei uns begrüßen zu dürfen! Und in der Tat, es ist eine Zeit her, Durchlaucht. Wie ich hörte, seid Ihr nun auf höchster Ebene in England verheiratet! Lasst euch anschauen; Ihr seht elegant aus aber doch ein wenig schmal! Geben Euch unsere englischen Freunde denn genug zu essen? Man hört ja nicht unbedingt das Beste über die Küche auf der Insel. Nun gut, dass Ihr heute hier seid, meine Frau Luise wird euch verköstigen, mit feinstem Thüringer Wild!“ Joel wies der Männergesellschaft den Weg hinein ins Haus und platzierte sie am großen runden Tisch im hinteren Teil

des Gastraumes. Jette und Röse servierten sogleich die ersten Getränke.
Knecht Johann hatte wie immer den Auftrag, im Außenbereich seiner Arbeit nachzugehen und eventuellen Tagesgästen zu deuten, dass am heutigen Tage geschlossene Gesellschaft war.
Auch dies war ein Talent des alten Joel, obgleich der herzogliche Besuch im Vergleich zu anderen Herzogtümern recht häufig vorkam, hielt er sich doch in seiner Anzahl bezogen auf das Tagesgeschäft in Grenzen. Wenn der Herzog nun auf der Schmücke weilte, legte Joel fest, dass dieser auch nicht gestört wurde, schließlich war der Herzog der Eigentümer des Areals. Durch die Leutseligkeit des Schmückewirts und der Tatsache, dass die übrigen Gäste sonst immer gut bewirtet wurden und Joel oft die Zeche übernahm, lies jene, Tagen wie dem heutigen mit großem Verständnis begegnen. Er vermochte es, unausgesprochen deutlich zu machen, dass die Freiheiten, welche er den Gästen gewehrte wiederum auf jenen Freiheiten beruhten, welche der Herzog *ihm* gewehrte. So ergab es sich, dass die herzogliche Runde und Joel in Ruhe beisammensitzen konnten.
Die Anwesenheit des jungen Albert sorgte vor allem bei Jette und Röse für besondere Aufregung. Zwar waren auch sie, eben wie Johann, mittlerweile gewohnt, höfische Gäste und gar den

Herzog persönlich zu bedienen, aber Albert... Das war für die jungen Frauen etwas ganz Besonderes, schließlich war er der Mann von Victoria und die wohnte im fernen London bei Hofe im Buckingham Palace. Hinzu kam, dass Ernst und Albert zwei stattliche junge Männer waren und sich in Aura und Auftreten noch gegenseitig potenzierten. Die adelige Aura der heutigen Tischgesellschaft lies Jette und Röse ganz heiß werden vor Aufregung. Zumal waren die beiden Durchlauchten alterstechnisch gar nicht so weit von ihnen entfernt, wenn natürlich aufgrund des Standes auch unerreichbar weit weg. Aber wer weiß, was es nicht alles für gutaussehende junge Höflinge in London gab. Ihre Köpfe rauschten vor Fantasie, die Ohren wurden groß wie die Suppenschüsseln und man hörte sie nicht nur einmal heimlich in der Küche kichern im Verlaufe des restlichen Tages.
Man saß bei Tisch und unterhielt sich. Joel und Stockmar waren sich gut bekannt, da dieser bereits engster Berater des *alten* Ernsts gewesen war. Stockmar war gute fünf Jahre älter als Joel und der Inbegriff des politischen Beraters und Intellektuellen. Für die beiden jungen Adeligen war er, nicht nur an diesem Abend, qua Amt die Legitimation für alles. Er war die graue Eminenz, die sie machen ließ, aber im Hintergrund sorgsam

darüber wachte, Schaden von ihnen abzuwenden. Auch Joel wusste, wenn Stockmar dabei war, gab es keine Probleme denn bei Hofe wurde der heutige Ausflug so kommuniziert, dass nichts Negatives auf den Herzog oder seinen Bruder zurückfallen würde. So hätte man als Außenstehender meinen können, Albert hätte einen Vormund, in Wahrheit verschaffte dieser ihm aber Handlungsfreiheit und ermöglichte durch seine Kontakte bei Hofe vieles. Auch Stockmar war froh, den alten Schmückewirt wiederzutreffen, war er selbst doch als Berater Alberts und Victorias nun auch selten in der Heimat und selbst er suchte ein wenig Zerstreuung. Joel wiederum war der Grund des Besuches klar und als guter Gastgeber war es ihm ein besonderes Anliegen, Fragen der Politik oder der Wirtschaft an diesem Tag außenvor zu lassen.
Nach einem ersten Aperitif legte man ungezwungen die Garderobe ab und eine zweite Runde wurde gebracht. Luise Joel kam herein, begrüßte alle Anwesenden höflich und informierte über die heutige Speisenauswahl. Stockmar und die beiden anderen Begleiter hatten auf der Eckbank an der Wand platzgenommen. Joel saß an der Stirnseite des Tisches mit dem Rücken zur Küche, Ernst ihm gegenüber an der Wand und Albert saß an der langen Tischseite mit dem Rücken zum

Gastraum. Die Vorsuppe wurde gebracht. Als alle Teller standen und Jette und Röse wieder abgegangen waren, wünschte Joel allen am Tisch einen guten Appetit. Man begann zu essen. Einzig Albert saß etwas unrund und wie auf heißen Kohlen da und man sah deutlich Unwohlsein und Unsicherheit in seinem Blick. Joel und Ernst bemerkten dies und blickten sich schmunzelnd über den Tisch hinweg an.
Offensichtlich war Albert es schlichtweg nicht mehr gewohnt, an solch einfachen Tafeln in so ungezwungener Runde zu dinieren. Joel legte seinen Löffel ab und blickte Albert an. „Ist alles in Ordnung?“, fragte er ihn. Albert, aufgrund der Frage etwas peinlich berührt, antwortete verlegen: „Naja, ich bin´s wohl nicht mehr gewohnt, so einfach zu speisen. Normalerweise liegt jetzt ein gutes Dutzend Besteckteile für die diversen Gänge um meinen Teller herum. Mir ist schon klar, dass das heute nicht der Fall ist, doch offenbar bin ich schon zu lange in England.“
Die Männer lachten. Joel überlegte kurz, winkte dann Jette zu sich und gab ihr zu verstehen, dass er ihr etwas ins Ohr flüstern wollte. Jette kam, beugte sich herunter und Joel säuselte ihr seine Botschaft ins Ohr. Sie nickte und ging ab. Nach wenigen Augenblicken kehrte sie aus der Küche zurück und hielt sieben Löffel in der Hand. Mit

einiger Verlegenheit blickte sie Joel an, der ihr auffordernd zunickte. Die Männer beobachteten interessiert die Szenerie. Jette stellte sich neben Albert und stotterte: „Wenn Hoheit erlauben…“ Sie nahm die Löffel und drapierte sie einzeln und sorgsam um den Teller herum. Drei links, zwei oben und noch zwei zu jenem, welchen Albert schon benutzt hatte. Mit einem leisen „Bitte.“ Ging Jette ab. Albert schaute verdutzt auf sein reichhaltiges Besteck. Ernst grinste, Stockmar schüttelte den Kopf und die beiden anderen Männer hatten Not, ihr Lachen zu unterdrücken. Joel blickte Albert väterlich an und sprach: „Nun, Hoheit, so will ich Euch als guter Gastgeber mit meinen bescheidenen Mittel doch zumindest das *Bild* vermitteln, wie Ihr es in England habt, auf dass Ihr ungestört speisen könnt!“ Was folgte war das joeltypische Grinsen.

Es brach aus den Männern heraus und die gesamte Runde versank in schallendem Gelächter. Auch Albert stimmte ein, war er doch souverän genug für einen derartigen Spaß. So war auch das letzte bisschen Eis für diesen Tag gebrochen und die Runde endgültig völlig unbeschwert – der Grund warum sie ja eigentlich den Weg zum Joel auf sich genommen hatten.

Es folgte der Hauptgang, ein Schmorbraten vom Wildschwein, mit Kartoffeln und Preiselbeeren und im Anschluss ein Apfelkompott. Alle waren gut gesättigt und bedankten sich höflich bei Luise für die köstliche Mahlzeit und postwendend brachte Röse den obligatorischen Verdauungsschnaps zu Tisch. Man unterhielt sich über dieses und jenes und aus dem Nachmittag wurde früher Abend.

Ernst und Joel berichteten Stockmar und Albert den neuesten Klatsch aus Gotha und dem Herzogtum und Albert wiederum berichtete von seinen vier Kindern, seiner Frau und dem Familienleben. Voller Stolz erzählte er Joel, dass der Thüringer Wald und seine Traditionen dank ihm und Victoria sogar Einzug in die englischen Wohnzimmer gefunden hätten. So hatte sich die königliche Familie zu Weihnachten vor einem geschmückten Weihnachtsbaum zeichnen und in sämtlichen Gazetten abdrucken lassen. Diesen Brauch hatte erst Albert aus Thüringen mit nach England gebracht und mehr und mehr englische Familien begannen zum Weihnachtsfest, gleich dem königlichen Vorbild, ihre Wohnzimmer mit einem geschmückten Baum zu verzieren. Joel war begeistert und hörte eifrig zu. Für ihn als alten Wäldler war es besonders schön, diese Tradition nun auch im fernen England zu wissen.

Nachdem Karl Morba sein Tagwerk vollbracht hatte, stieß auch er zu den Anwesenden.

Natürlich waren auch er und Herzog Ernst sich bestens bekannt, schließlich war letzterer ja oberster Dienstherr Morbas. Man merkte allen beteiligten an, wie gut ihnen der Ausflug auf die Schmücke tat. Nach einiger Zeit ließen sich der Herzog und seine Gäste von Joel auf dem Areal herumführen und Joel berichtete voller Stolz, was in den letzten beiden Jahren so entstanden war. Ernst zeigte sich hochzufrieden und wusste die Schmücke in besten Händen. Auch von seinen Pferden, welche im Sommerquartier waren, machte er sich ein Bild und war begeistert. Nur Ernst und Joel wussten von der Abmachung zwischen dem *alten* Ernst und ihm bezüglich der Pacht. So versicherte er ihm nach der Inspektion lautstark und ironisch vor allen Anwesenden, dass die Pacht ja bereits so üppig sei, dass er selbstredend davon absehe, diese zu erhöhen. Wofür sich Joel höflich bedankte.
Sie gingen wieder zu Tisch und Knecht Johann wurde angehalten, doch die Gesellschaft mit seinem Zitherspiel zu erheitern, was dieser auch bereitwillig tat. Jette und Röse mussten eine um die andere Flasche Wein bringen und da es im August noch immer recht lang hell ist, vergaß selbst Stockmar die Zeit. Trotz allem nahte früher oder später die Zeit zum Aufbruch, es hatte mittlerweile neun geschlagen. Die Köpfe der Männer

waren doch sichtlich errötet vom Alkohol und auch die Blicke etwas schwer. Selbst Joel und Morba hatten trotz ihrer Trinkfestigkeit heute gewaltig einen aufgelegt. Stockmar versuchte vergeblich seine Taschenuhr in die Westentasche zurückzuführen und Ernst kämpfte mit seinem Jackenärmel, wobei ihm Johann dienstbeflissen half. Albert hatte es offenbar am schwersten erwischt und aber er versuchte sich nichts anmerken zu lassen. Er stand rasch auf, als sei er in tadelloser Verfassung. Jedoch war es offenkundig etwas *zu* rasch und plötzlich blieb er wie angewurzelt stehen und wurde kreidebleich. Er musste mehrfach heftig schlucken, hielt sich mit weit aufgerissenen Augen die Hand vor den Mund und wie von einer Tarantel gestochen drehte er sich um und stürmte hinaus. Die Tür des Wirtshauses viel hinter ihm lautstark ins Schloss. Seine Begleiter schauten etwas verdutzt, währen Ernst nun endlich den Kampf gegen seine Jacke gewonnen hatte.
Jette und Röse hatten begonnen, den Tisch abzuräumen. Ernst blickte noch immer verdutzt und ob des Alkohols ein wenig in Zeitlupe hinter seinem Bruder her und lallte: „Was hatter denn?“ Joel grinste und sprach: „Da hat wohl der königliche Magen kapituliert, ist wohl nix mehr gewöhnt!“ Als alle zum Aufbruch bereit waren

verließen sie langsam den Raum in Richtung Tür. Draußen stand Albert noch immer und kotzte sich die sprichwörtliche Seele aus dem Leib.
Die Männerrunde sammelte sich im Halbkreis um den armen Teufel, welcher sich mit dem Handrücken den Wundwinkel sauberwischte. „Allessssgut! Allessssgut!“, murmelte Albert und hickste. Er wollte sich gerade aufraffen als abermals ein Schwall Mageninhalt seine Kehle hochkam und er sich erneut erbrach. Johann hatte eilig einen Krug Wasser geholt und half Albert beim Trinken. Nach einigen Sekunden hatte er sich gefasst und sein Magen hatte sich beruhigt. Er versuchte zu stehen, was ihm nur bedingt gelang. Er legte Joel die Hand auf die Schulte und setzte zu einem Satz an: „Vaaaater Joel.... Schönwrsssssbeuch! Dr Waaaiiin warauchgt! *hicks* Grüßt meinen Bruder von mir!“ und mit einer schneidigen Drehung und leichtem Wanken stakste er im Stechschritt in Richtung seines Pferdes. Als er davonschritt hörte man ihn nur noch singen: *ruuuuhl Britannja, Britannja ruuhl de wäifs!*
Die übrigen Männer versuchten ihre Belustigung zu überspielen, nur Ernst machte aus seiner keinen Hehl und lachte lauthals los. „Vater Joel, ich würde sagen: Operation geglückt, Patient gesund! Es war wie immer ein Fest bei Euch zu sein und ich werde sicherlich noch vor Jahresende erneut

zu euch kommen! Sagt Eurer Frau nochmal einen lieben Dank und ein Lob für die ausgezeichnete Küche. Die Rechnung schickt Ihr wie immer nach Gotha!" Joel nickte: „Das richte ich Ihr aus und die Rechnung verrechnen wir mit der Pacht, eure Durchlaucht!" Joel zwinkerte und entließ die Herren in die spätabendliche Dämmerung. Alle kamen ohne Komplikationen auf ihre Pferde, einzig Stockmar brauchte einen zweiten Anlauf. Joel, Morba und Johann tranken noch einen Absacker und gingen dann zu Bett. Da Joel nichts Gegenteiliges hörte und die Betroffenen in den nächsten Tagen und Wochen wieder nachweislich ihre Funktionen begleiteten, ist davon auszugehen, dass alle wohlbehalten in Gotha angekommen sind. Aus verständlichen Gründen wurde diese Begebenheit nicht in die offizielle Geschichtsschreibung aufgenommen.

DRITTER TEIL

Johann Friedrich Joel

Die Legende Joel

Auf der Schmücke passierten im Laufe der Jahre unzählige Anekdoten und Begebenheiten. Joel wusste sie alle zu berichten und so blieben sie erhalten. Aufgrund der Fülle der Geschichten konnte man sich natürlich nicht bei jeder einzelnen merken, wann sie passiert war. Eigentlich war das ja auch egal. Wichtig war, dass der joelsche Witz in die Welt getragen wurde. Joel hatte inzwischen den Zenit seines Schaffens erreicht, was er zu diesem Zeitpunkt jedoch noch nicht wissen konnte.

Der dritte Winter auf der Schmücke nahte. Im Spätherbst wurde das Vieh von den Weiden geholt und ins Winterquartier gebracht. Die Bauern holten ihre Rinder und der gothaische Stallmeister ließ die herzoglichen Pferde holen. Morba und Joel hatten eine gewisse Routine entwickelt und alles frühzeitig winterfest gemacht und der Jahreswechsel kam ohne weitere Vorkommnisse. Frau Joel und die beiden Mägde Jette und Röse vertrieben sich die Zeit mit dem Stricken von Strümpfen, sowie dem Stopfen selbiger. Morba und Joel verbrachten viel Zeit mit Gesprächen, ihren Pfeifen und dem Kartenspiel und Johann versuchte seine Fähigkeiten im Schnitzen etwas zu verbessern. Gelegentlich kamen Gäste und so hatte man Zeit für den neuesten Klatsch aus Oberhof, Suhl und Ilmenau. Nur an den seltenen schönen Tagen verschlug es hier und da einige Ausflügler auf den Höhenzug, was jedoch die absolute Ausnahme blieb.

Im Frühjahr des neuen Jahres hatte der alte Joel erneut die Zimmerleute bestellt, um ein weiteres Stallgebäude zu errichten. Wie schon zuvor hatte er das Holz dafür beim winterlichen Holzeinschlag abgezweigt und sich in den umliegenden Schneidemühlen Bretter und Balken schneiden lassen. Als die Zimmerleute kamen, begannen sie, unter Joels Anleitung mit dem Bau des Stalls. Es war ein recht kühler Frühlingstag und der Wind peitschte immer wieder über die Schmücke. Einige Sachen gingen schief und Joel merkte, dass sie alle recht unkonzentriert waren, weil die Arbeit bei schlechtem Wetter einfach nicht leicht von der Hand ging.

Er versuchte alles, um die Arbeiter bei Laune zu halten und hielt sich mit seiner typischen joelschen Art zurück. Morba und er standen am Rand und gingen die nächsten Schritte durch, als sie plötzlich am Waldrand oberhalb der Schmücke

eine hagere Männergestalt in wichtigster Gangart aus dem Wald stolzieren sahen. Joel, der die Person offenbar schon kannte, stöhnte leise und genervt. Morba, welcher ihn noch nicht kannte, hakte nach: „Den kennst du wohl? Wer ist das?“ Joel nickte und entgegnete: „Schwefelhölzchen? - Mhm, der ist mir letzte Woche schon mal begegnet. Komischer Kauz.“
Morba blickte ihn fragend an und Joel fuhr daraufhin fort: „Erinnerst du dich, dass Salzmann einen neuen Forstassistenten annehmen musste, weil dessen Vater irgend ein Vonundzu ist?“ Morba nickte; die Pfeife im Mund. „Das isser!“, blaffte Joel. „Irgend so ein Jüngelchen von der Forstakademie, aus dem mal was werden soll und den der Vater deshalb protegiert. Salzmann konnte nichts machen, jetzt haben wir den an der Backe.“ Morba spielte Erstaunen vor, war jedoch, ebenso wie Joel grundsätzlich desinteressiert an solchen Charakteren und wusste, dass diese mehr Ärger als Nutzen bringen.
„Du sagtest Schwefelhölzchen? Heißt der so? Von und zu Schwefelhölzchen?“, fragte Morba. Joel grinste: „Wart ab, bis er kommt, dann siehst du´s!“ Der Besagte kam stürmischen Schrittes angelaufen und versuchte weiterhin einen möglichst wichtigen und professionellen Auftritt hinzulegen. Als er näherkam, wusste Morba was Joel

meinte und musste leise lachen. Er musterte den Jüngling, welcher jetzt nur noch wenige Schritte entfernt war. Es war ein hagerer junger Mann mit feuerroten Haaren, Sommersprossen und heller, weißer Haut – *käßweiß*, wie Joel zu sagen pflegte. Seine Haarfarbe und die helle Haut waren *so* unnatürlich im grünen Wald, dass man ihn schon von Weitem sah und erkannte. Er trug eher die Kleider eines Beamten denn die eines Forstmanns. Morba wusste jetzt, warum Joel ihn *Schwefelhölzchen* getauft hatte – weil er wie eines aussah.
Der Forstassistent blieb vor den beiden stehen und musterte Morba, den er noch nicht kannte. Das Gefälle zwischen den beiden erfahrenen Forstleuten und dem Jungspund, gepaart mit dessen Arroganz war derart skurril, dass es einen nur erheitern konnte. Der Junge glaubte offenbar, dass Joel und Morba eine Art untertäniger Meldung oder ähnliches machen würden, was er vermutlich mit der gesellschaftlichen Stellung seines Vaters begründete.
Da war es schlecht für ihn, dass er Joels Auffassung dazu nicht kannte. Diese war nämlich, dass allein die Leistungen der Person zählten und nicht, dass man der Sohn oder Enkel von irgendwem wichtigen war. Schwefelhölzchen musterte die Zimmerleute und ihr Balkenwerk und unterbrach dann hektisch das Schweigen: „Herr Joel,

guten Tag! Ich nehme an, der Herr neben Ihnen ist Herr Morba, richtig?“ Joel nickte: „Korrekt.“ Das Männlein wandte sich Morba zu und begann eine überhebliche Ansprache: „Dann kennen wir uns noch nicht. Mein Name ist Leonhard von Hagenberg und ich bin derzeit als Forstassistent bei Oberforstrat Salzmann eingesetzt. Von meinem Vater habt Ihr sicherlich schon gehört!“ Morba machte mit dem Mund eine abschätzige Geste des gespielten Erstaunens. „Bisher nicht,“ entgegnete Morba, „aber was weiß ich schon?“

Die Zimmerleute hatten mittlerweile ihr Werkzeug weggelegt und ihre Arbeiten eingestellt, um bloß auch kein Wort des heraufziehenden Theaters zu verpassen. Teils angelehnt ans Balkenwerk und teils, mit verschränkten Armen auf den Dachbalken sitzend, folgten sie dem Treiben. Schwefelhölzchen ließ Morba und Joel stehen und schritt hinüber zum Bauplatz, das Baumaterial inspizierend. Demonstrativ schockiert blieb er vor einem Stapel mit Balken stehen. Joel hatte ja alle Rohstoffe kostenlos zur Verfügung und so war es ihm möglich, die Balken sehr dick schneiden zu lassen, wie es normalen Bürgern aus Kostengründen nicht möglich war. Dem Forstassistenten, welcher sicherlich noch nie etwas mit eigenem Geld, statt dem des Papas bezahlt hatte, war diese vermeintliche Anmaßung Joels natürlich völlig

unverständlich. So setzte er zu einer vorwurfsvollen Tirade an und adressierte natürlich den alten Joel: „Herr Joel, ist *das* etwa Holz aus den Wäldern des Herzogs?“ Er wies dabei mit der Hand in Richtung der Balken. Joel entgegnete: „Aus Russland sind se nicht, so viel steht fest!“ Die Zimmerleute lachten lauthals. Der Kopf des Forstassistenten wurde nun noch röter als er sowieso schon war, ob dieser vermeintlichen Frechheit Joels.
Man musste dem Jungen Emporkömmling jedoch zugutehalten, dass er grundsätzlich glaubte, im Sinne des Herzogs und der Gesetze zu argumentieren, sowie stellvertretend für Joels und Morbas Vorgesetzten, Oberforstrat Salzmann. Da er jedoch offenkundig mit dem goldenen Löffel im Munde geboren war, wie Joel zu sagen pflegte, war ihm der Unterschied zwischen verwaltungstechnischer Theorie und dem realen Leben einfach nicht so ganz gewahr. Wie gut war es da für ihn, heute auf den alten Joel getroffen zu sein, denn dieser half jungen Heißspornen gern etwas nach.
Der Besagte stürmte erzürnt auf Joel zu und blaffte ihn mit zusammengebissenen Zähnen und ausgestrecktem Zeigefinger an: „Joel, Ihr wisst ganz genau, dass Ihr euch nicht einfach nehmen könnt, was Ihr wollt und selbst *wenn:* müssen es denn dann gleich *solche* dicken Balken sein? Das

ist Verschwendung herzoglicher Rohstoffe!" Joel blieb gelassen und ließ den Jungen ausreden. Die Blicke der Zimmerleute gingen, in Erwartung seiner Antwort vom Rotschopf gebannt auf Joel hinüber. Joel schaute ihn ruhig an und entgegnete, nicht laut, aber so, dass jeder es hören konnte: „Ja gewiss, Herr von Hagenberg, *Schwefelhölzchen* können wir dafür schließlich nicht gebrauchen!" Die Zimmerleute brachen in schallendes Gelächter aus. Einige fassten sich an den Kopf, andere schlugen sich auf die Schenkel. Auch Morba lachte laut mit. Joel grinste süffisant. Forstassistent Schwefelhölzchen wurde nun zu Rumpelstilzchen und protestierte lautstark, sowie schnaufend und stampfend. Jedoch gingen sein Protest und seine Empörung im Gelächter der Männer unter, was ihn zusätzlich zur Weißglut brachte. Wutentbrannt ließ er von seinem Vorhaben ab und beschimpfte Joel: „Das wird Konsequenzen haben, Herr Joel! Ich werde dem Herzog persönlich vortragen, was Ihr hier treibt! So geht das nicht weiter!" Als er seine Tirade beendet hatte, machte er auf der Hochachse kehrt und verschwand stürmischen Schrittes auf dem Weg, auf dem er gekommen war. Die Zimmerleute johlten und riefen ihm noch wohlgemeinte Ratschläge hinterher. Joel war von dem Vorfall so derartig unbeeindruckt, dass er das Ganze gar nicht weiter

kommentierte und alle Beteiligten ohne weitere Worte wieder an die Arbeit gingen.
Da weder von Salzmann noch aus Gotha irgendeine Form von Nachricht kam, hatte Joel den Vorfall auch bald vergessen. Offenkundig konnte der junge Heißsporn mit seinem Anliegen nicht durchdringen.

Der geizige Student

Es waren Vorfälle wie dieser, die Joel und die Schmücke alsbald auch jenseits der Grenzen des Herzogtums Sachsen-Coburg-Gotha bekannt machten und mehr und mehr Reisende und Ausflügler anzogen, welche sich selbst ein Bild vom *groben Joel auf der Schmücke*, wie er nun vermehrt genannt wurde, machen wollten. Aber nicht nur Joel trug maßgeblich zur überregionalen Bekanntheit der Schmücke bei, sondern nicht zuletzt auch Karl Morba. Er war zwar schon ein Mittvierziger aber noch immer Junggeselle. Trotz allem hatte er keinen übermäßigen Antrieb, daran etwas zu ändern. Seine Zeit als Student war nunmehr schon fünfundzwanzig Jahre her und dennoch hatte er aufgrund seiner Vergangenheit bei den Studenten aus Jena und Göttingen einen hohen Stand und eine gewisse Berühmtheit. Wie zuvor erwähnt war Karl Morba Mitglied der Burschenschaft Arminia in Jena und wurde im Zuge der Karlsbader Beschlüsse vom Studium ausgeschlossen und später gar verfolgt.

Wie und auf welchem Wege er schließlich auf der Schmücke landete, wussten vermutlich nur er selbst und der alte Joel. Nichtsdestotrotz oder gerade deshalb waren Morba und Joel die richtigen Ansprechpartner für die Studenten. Allgemein waren die deutschen Staaten seit jenen restriktiven Beschlüssen wie gelähmt und man konzentrierte sich in der Gesellschaft biedermeierisch auf unpolitische Themen. In den Studierzimmern und an den Küchentischen brodelte es jedoch gewaltig und vor allem die junge Studentenschaft sehnte einen einheitlichen Nationalstaat herbei. Um einer Verfolgung oder Strafe zu entgehen, war es jedoch notwendig, sich mit vertrauenswürdigen Leuten an Orten zu treffen, wo der freien Rede nichts entgegenstand. Die Schmücke war dazu ideal.

Karl Morba war ein väterliches Idol, da er selbst von der Verfolgung betroffen war, sich aber nicht hatte verbiegen lassen. Er war offenkundig bereit, den Preis für seine Überzeugungen zu zahlen. Jedoch selbst Menschen, welche ihn genau kannten, konnten nie so genau sagen, ob er die Folgen

einfach ertrug oder ob der alte Feuereifer seiner Jugend verblasst und er des Kämpfens müde war. Seine Grundhaltung jedoch hatte sich in keiner Weise verändert.
Die Figur Morbas allein hätte schon ihre Anziehungskraft gehabt und nun kamen auch noch Joel und die Schmücke hinzu. Joel, ein noch krasseres Kaliber als Morba selbst und sein Gasthaus hoch droben in der Waldidylle und Einsamkeit. Für die romantischen Patrioten der damaligen Zeit war dies wohl der Gipfel des Wünschenswerten. Nicht allein das romantisch-deutsche Bild des Waldes und der Natur, nein auch jene Schenke auf den Höhen der Thüringer Berge, in welcher das freie Wort noch besonderes Gewicht hatte und alle Standesdünkel passé waren.
Es dauerte nicht lang und die Studenten strömten in Scharen zum alten Joel und Karl Morba auf die Schmücke, später selbst von Halle und Leipzig. Man könnte sagen, Morba bediente die fachliche und Joel die menschliche Komponente. Ohne das dies ausgesprochen wurde, hatten es sich die beiden jedoch zur Aufgabe gemacht, die jungen Hitzköpfe gut zu beherbergen aber auch zu einem gewissen gesellschaftlichen Wohle zu formen. Nicht selten verbrachten die beiden Alten viel Fleiß und Geduld damit, den Studenten das Verhältnis zwischen staatspolitischer Theorie und dem

praktischen Leben der Menschen zu verdeutlichen. An Anekdoten und Lebensweisheiten mangelte es den beiden jedenfalls nicht. Insgesamt vermochte es Joel jedoch auch, die Gespräche des Abends im Sinne eines demokratischen Friedens zu lenken, schließlich waren nicht selten auch Fuhrleute und Holzhauer anwesend und diese verstanden sich eher genervt von manch pseudogalanten Worten des Jungvolks, welches in aller Regel noch nicht mal ganz zu Ende studiert hatte. Sie vergaßen nach dem dritten Glas Bier und Wein doch oft, dass nicht jeder von ihnen ein Theodor Körner war. Da griff Joel dann in seiner altbewehrten Art ein.

Luise wäre es wohl manchmal lieber gewesen, die Gespräche wären etwas intensiver gewesen als der Durst denn eigentlich wurde unter Vorsitz Joels vorwiegend gefeiert und gezecht. Was Joel an den Studenten grundlegend mochte, waren ihre jugendlichen, aber frommen Ideale und jener Umstand, dass sie sich in aller Regel bestens auf das deutsche Liedgut verstanden. Ein besonderer Indikator für die Stimmung Joels war, wenn er sein viel gerühmtes Hauskäppchen gegen eine Burschenschaftermütze eintauschte, welche ihm einst einige Studenten als Ehrerbietung geschenkt hatten. Er saß dann mit seinem dicken Leib und seinen grauen Locken inmitten der jungen

Gesellschaft und so sehr er sich doch optisch unterschied, so sehr waren sie doch Brüder im Geiste.
Eines Spätnachmittags hörte man draußen vor dem Wirtshaus, einige Meter entfernt, Männerstimmen singen. Die Berge und Täler standen im glühenden Abendrot und die Baumwipfel leuchteten. Mit letztem goldenem Schein versank die Sonne am Horizont. Abendruhe kehrte ein. Man hörte nichts außer der vier Männerkehlen. Sie sangen leise, aber kraftvoll Mendelsohn´s Lied *Wer hat dich, du schöner Wald aufgebaut.*

Was wir still gelobt im Wald,
wollen's draußen ehrlich halten,
ewig bleiben treu die Alten,
bis das letzte Lied verhallt,
ewig bleiben treu die Alten,
bis das letzte Lied verhallt.
Lebe wohl, lebe wohl, lebe wohl,
lebe wohl, lebe wohl, lebe wohl
du schöner Wald!
Schirm dich Gott,
schirm dich Gott,
du schöner Wald!

Minuten andachtsvoller Weihe flogen ins Tal. Das Lied klang aus. Ein fünfter Mann reihte sich ein, hatte ein grünes Hauskäppchen in den Händen und hakte zwei der Sänger unter. Er begann zu singen: *Über allen Wipfeln ist Ruh.*

Über allen Gipfeln,
Ist Ruh',
In allen Wipfeln,
Spürest du,
Kaum einen Hauch;
Die Vöglein schweigen im Walde.
Warte nur, balde,
Ruhest du auch.

Die übrigen vier stimmten ein. So sah man vier fremde Jünglinge und den dicken, grauhaarigen Joel im Choral singen. Als der Choral verstummte und der alte Joel sich eine Träne verdrückte, führte er die vier kommentarlos ins Gasthaus.
Es waren Studenten aus Jena und sie kamen von Ilmenau her zur Schmücke, trugen alle samt weite, weiße Hemden und einen weiten Schlapphut, wie ihn die Künstler trugen. Eine Gruppe junger, strammer Männer mit sonnigem Gemüt und frecher Zunge, bis auf einen, der war ein bisschen mager und trug eine viel zu große Brille.
Joel dachte sich scherzhaft, dass letzterer vermutlich der Buchhalter der übrigen drei sei. Ein Trupp nach Joels Geschmack. Natürlich wussten die

Studenten sofort mit wem sie da gesungen hatten und so verhielten sie sich demütig, aber freundlich. Joel bat sie zu Tisch und man kam ins Gespräch. Morba stieß dazu und abermals begann ein rauschendes Fest. Schon frühzeitig baten sie um Quartier, was Joel ihnen bereitwillig zur Verfügung stellte. Joel bat die jungen Burschen doch noch ein wenig Liedgut zum Besten zu geben, was Johann klangvoll auf der Zither begleitete. Es wurde gezecht.

Die übrigen inklusive Joel und Morba waren bereits mit der vierten Runde Bier durch und Joel nahm den Bedarf für Runde fünf auf, um Jette ein Zeichen zu geben, nur der Schmale druckste rum. Joel hatte schon gesehen, dass er bereits nach der zweiten Runde nichts mehr nachbestellt hatte, und verlegen seinen leeren Krug vor sich in den Händen hin und her drehte. Joel sprach ihn bewusste scharf an: „Dir schmeckt wohl mein Bier nicht?“ Der junge Mann erschrak, da er gehofft hatte, es falle nicht auf, dass er nichts mehr bestelle. Die anderen grinsten.

„D… D… Doch… Vater Joel, hervorragende sogar. I… I… I… ich vertrage nur nicht so viel wie die anderen, wisst Ihr… Ich würde gegebenenfalls ein Glas Wasser nehmen, wenn´s recht ist. Geht das?“ Joel hatte den Braten genau gerochen und wusste Bescheid: der junge Herr war geizig. Joel nahm das kommentarlos zur Kenntnis und selbstverständlich bekam der Gast sein Glas Wasser. Joel und Morba zechten mit den drei anderen noch bis spät in die Nacht krügeweise Bier und sangen dutzende Lieder. Nur der Schmale trank Wasser und zechte nicht mit. Als Mitternacht wurde, verabschiedeten sich die Studenten und gingen zu Bett. Am nächsten Morgen ging es allen blendend und man frühstückte gemeinsam. Jene drei bestellten ein frisches Bier und einen Teller Bratkartoffeln, nur der vierte bestellte zwei Scheiben Brot mit Butter und ein Glas Milch. Die vier wollten an diesem Tag noch weiter bis zum Inselsberg. Es kam die Zeit des Abschieds und die Rechnung zu zahlen. Jette hatte alles notiert und reichte Wirt Joel den Zettel. Dieser las ihn, als wolle er alles genau prüfen. Er blickte abwechselnd in die Runde, als überlege er, wer etwas hatte. Als er seine gespielte Gedankenrechnung fertig hatte, sagte er zusammenfassend: „Also, das macht dann fünf Groschen für das Wasser, zwei für das Brot und einen für die Milch", und blickte dabei den Schmalen mit der großen Runden Brille an.

Dann blickte er zu den übrigen und sprach: „Das Bier und das Essen geht aufs Haus, weil ihr so schön gesungen habt!" Der Geizige hatte sich zum Gespött gemacht und seine Kommilitonen

sparten nicht mit Scherzen und Gelächter. Joel hatte wohl einen Nerv getroffen, da jener wohl schon öfter auffällig geworden war. Um den Armen nicht gänzlich ohne Lektion dastehen zu lassen, sprach Joel väterlich: „Ich will dir raten, junger Freund: trink auf der Schmücke nie wieder Wasser, denn das kommt teurer als das Bier! Letzteres bringen die Fuhrleute, ersteres muss ich von weit holen lassen!“
Der Verhöhnte zahlte nun voller Verlegenheit als einziger überhaupt etwas und alle vier verabschiedeten sich höflich von Joel und den Mägden. Sie nahmen ihre Rucksäcke und brachen in Richtung des Inselsbergs auf. Da die Köpfe wohl noch ein wenig schwer waren, hatte keiner der vier bemerkt, dass Joel ihnen noch eine kleine Stärkung eingepackt hatte. Nach einer guten Stunde machten sie die erste Rast und fanden zu ihrem Erstaunen jeder einen dicken Kanten Brot, ein Stück Käse, ein Stück Schinken und eine halbe Flasche Wein in ihren Rucksäcken. Nur der Sparsame nicht, dem hatte der alte Joel zwei Flaschen frischen Quellwassers und eine Scheibe Brot eingepackt. Der erneute Spott seiner Begleiter war ihm abermals sicher. Seine Wandergenossen teilten dennoch brüderlich mit ihm. Ob er seine Lektion gelernt hatte oder weiterhin geizig war, konnte

Joel nicht in Erfahrung bringen, aber zumindest hatte er ihm eine Hilfestellung gegeben.

Die doppelte Pacht

Der Ausbau der Schmücke schritt voran und hatte nun einen Status erreicht, mit welchem Joel und seine Mannschaft alles hatten was sie brauchten. Jette, Röse und Johann waren selbst inzwischen gereift und selbstbewusste Wirtsleute geworden, sodass sie, unter Führung von Luise die Wirtschaft fest im Griff hatten. Joel konnte sich mit Morba voll und ganz auf seine Tätigkeit als Kreiser und die Forstarbeiten konzentrieren. Mittelpunkt seines Schaffens blieb natürlich trotz allem die Weiterentwicklung der Schmücke.

Das florierende Gasthaus sprach sich jedoch nicht nur bei wohlwollenden Gästen herum. Eines Tages sah sich Joel mit einer ähnlichen Bekanntschaft, wie zuvor Forstassistent Schwefelhölzchen konfrontiert. An jenem Tage stand er, wie so oft, mit Morba in der Nähe der Wirtschaftsgebäude und sie hackten gemeinsam Holz, als plötzlich Röse angelaufen kam. „Joel, komm schnell!", rief sie, leicht außer Atem. „Da ist ein Amtmann aus Gotha, der will dich sprechen!" Joel und Morba warfen sich einen verächtlichen Blick zu, Joel schlug die Axt in den Hackstock und folgte Röse hinüber zum Gasthaus. Dort offenbarte sich dem Alten das erwartete Bild: ein junger Amtmann, geschniegelt und gebügelt, mit aufgesetztem Lächeln und gierigem Blick. Wieder einmal einer von jenen, wie er sie am liebsten zum Frühstück verspeiste.

Joel begrüßte ihn höflich und bat ihn an einen der vorderen Tische zum Gespräch, wo jene platziert werden, die besser nah an der Tür sitzen.

Der Amtmann begann ein übertrieben freundliches Gespräch und führte aus, was der Anlass seines Besuches sei, er sei neu im Geschäft und habe die Amtsgeschäfte im vergangenen Monat übernommen. Nun würde er herumreisen und sich ein Bild von seinem Zuständigkeitsbereich machen. Joel kannte den Mann nicht und ihm war klar, dass er nicht vom Forstwesen oder der Jagdbehörde sein konnte, denn dort stand zum einen kein, ihm bekannter Wechsel an und zum anderen wirkte sein Gegenüber auch nicht so. Joel hakte nach was denn sein Aufgabenbereich sei. Der Herr sei Jurist und im herzoglichen Finanzministerium für die Verpachtungen zuständig. Da fiel bei Joel der Groschen und er wurde demonstrativ gelassener. Der gewiefte Jurist ließ eine Flasche Wein von Röse kommen und lud Joel gönnerhaft auf seinen eigenen Wein ein. Der Alte spielte das Spiel natürlich mit und langte ordentlich zu. Jener musste im laufenden Sommer die gut gehenden Geschäfte auf der Schmücke beobachtet haben und versuchte nun, für sich Kapital daraus zu schlagen. In jedem Fall versuchte er eine möglichst ungezwungene Atmosphäre zwischen Joel und sich zu erzeugen, um zum Ziel zu gelangen. Er fragte nach Geschäftszahlen und Besucheraufkommen; Anzahl der Fuhrwerke und Übernachtungen; Anzahl der Weinflaschen und Menge des Feuerholzes. Joel beantwortete alles freundlich und beflissen, der Jurist bestelle Weinflasche zwei und drei. Röse beobachtete die Szenerie vom Rande und war etwas nervös. Selten ging es beim Alten um Geld oder Umsätze, zumindest nicht in konkreten Zahlen.

Als der Jurist alles erfragt hatte, eröffnete er Joel sein Anliegen. Nach allem, was er so gehört habe, sei die Schmücke ja ein gutgehendes Wirtshaus und Joel sicherlich in der Lage mehr Pacht zu zahlen. Es sei ja schließlich so, dass dies mittelfristig auch dem Landtag auffallen würde und folglich die Pacht irgendwann sowieso neu festgelegt werden müsse. Da wäre es doch gut für ihn und sein Wirtshaus, wenn er bereits vorher freiwillig mehr Pacht entrichten würde, um dem Ganzen entgegenzuwirken. Als Beamter sei er auch nur

ausführendes Organ und hätte da selbst wenig Handlungsspielraum, entscheiden würde dies der Landtag.
Der Schmückewirt folgte den langen Ausführungen des Referenten aufmerksam und nickte zustimmend. Am Ende des Vortrages kratzte er sich am Kinn und schaute sein Gegenüber weinselig und mit zusammengekniffenen Augen an, als ob er ernstlich darüber nachdenke. Schlussendlich stand er auf, ging hinüber zu Röse und ließ sich seine Pfeife geben. Er stopfte diese, nachdenklich an den Tresen gelehnt. Der Jurist lehnte lässig in seinem Stuhl und kreiste siegessicher mit dem Finger auf dem Weinglas, in Erwartung von Joels Einwilligung. Dieser steckte sich seine Pfeife an, zog mehrfach daran und ging mit schweren Schritten im Gastraum auf und nieder, als ob er noch immer nachdenken würde. Plötzlich wies er Röse an, Tinte, Feder und Papier zu holen, er wolle etwas niederschreiben. Röse erschrak und wusste nicht so recht was geschah. Der Alte hingegen schob sein grünes Hauskäppchen aufs linke Ohr und so wusste sie, dass alles in Ordnung war. Der Jurist, der diesen Indikator nicht kannte, rieb sich die Hände. Joel nahm die Feder, tauchte sie in die Tinte und kritzelte langsam und spannungserzeugend etwas aufs Papier. Bogen um Bogen schrieb er seinen Text, als werde es ein Roman.

Mit flinker Hand schließlich unterschrieb er mit seinem Namen, tippte die Feder noch einmal aufs Papier und atmete tief und gefühlsschwanger ein. Als er fertig war, steckte er langsam die Feder ins Glas und faltete das Papier auf die Hälfte, noch immer die Pfeife im Mund. Er schritt hinüber zum Amtmann und übergab diesem sein Schreiben, als sei es der Gang nach Canossa selbst.

Jener faltete es auf und las: „Ich, Johann Friedrich Joel, Wirt der Schmücke, bin bereit, ab Michaeli diesen Jahres das Doppelte des bisher von mir entrichteten Pachtzinses zu bezahlen.“ Dem Lesenden gelang es schwerlich sein Lächeln zu verbergen. Eifrig steckte er den Brief in seine Manteltasche und bestellte großzügig die vierte Flasche Wein, welche er gönnerhaft mit Joel zur Feier seines vermeintlichen Sieges leerte. Er zahlte bereitwillig und mit Trinkgeld seine üppige Zeche und verabschiedete sich höflich. Auf direktem Wege fuhr er nach Gotha, um von seinem Erfolg zu berichten.

Der alte Joel konnte sich nur zu gut das dumme Gesicht vorstellen, als sein Opfer in Gotha erfuhr, dass er seit Jahren auf Initiative des Herzogs überhaupt keine Pacht zahlte und demnach auch gut und gern das zehnfach des Bisherigen hätte unterschreiben können. In den kommenden Jahren erfolgte seitens der Gothaer Beamten kein weiterer Versuch, die Pacht zu erhöhen.

Der Erweiterungsbau

Spätsommer 1850

Durch den steigenden Besucherverkehr waren alsbald auch die beiden verfügbaren Gästebetten nicht mehr ausreichend. In Ilmenau und Elgersburg hatten inzwischen Heilwasseranstalten eröffnet und es kamen entsprechend viele Kurgäste und *Luftschnapper* auf die Schmücke. Joel war dieser Umstand bewusst und so wartete er nur auf einen Anlass, der begrenzten Kapazität Abhilfe zu leisten. Nicht nur der Herzog selbst weilte oft mit seiner Frau auf der Schmücke, besonders während der Auerhahnbalz, auch Mitglieder des Gothaer Hofes kamen vermehrt auf eigene Rechnung. Eines Abends, als eine kleine höfische Gesellschaft auf der Schmücke verweilte, führte die ausgelassene Stimmung und die allgemeine Weinseligkeit dazu, dass der Weg zurück nach Gotha für diesen Abend zu weit war.
Die Herrschaften baten höflich um Quartier. Joel erkannte den Wert des Moments und verließ die

Runde unter dem Vorwand, sein Personal nach der Verfügbarkeit zu fragen. Abermals schob er sein Hauskäppchen auf das linke Ohr und ging hinüber zu Jette und Röse. Er bat die beiden Mägde zum Gespräch ins Hinterzimmer. Schmunzelnd wies er die beiden an, ihre Tätigkeiten für heute einzustellen und sich die Schlafröcke überzustreifen. Die beiden vorhandenen Fremdenbetten waren an diesem Tage leer. Um von diesem Umstand abzulenken, schickte er die beiden Frauen zum Schlafen in selbige und sie sollten erst am nächsten Morgen wieder kommen. Lediglich die Lampen sollten sie mit fahlem Schein brennen lassen, dass die Zimmer auch bewohnt aussahen. Jette und Röse folgten der Anweisung ohne Wiederworte und gingen zu Bett.
Joel kehrte mit ernster Miene in die Runde zurück und teilte den hohen Herrschaften, zwei Herren und zwei Damen, mit, dass er untröstlich sei, aber die Betten seien bereits belegt. Er könne lediglich das frisch aufgefüllte Heulager anbieten, entschädige aber bereitwillig mit weiteren Runden Wein. Johann bat er doch noch einige Lieder auf der Zither zu spielen und deutete an, dass der Rückweg nach Gotha ja für diese späte Stunde wirklich etwas weit wäre und man ohnehin nicht vor der Geisterstunde ankommen würde.

Die Gesellschaft nahm es gelassen und willigte in die rustikale Unterbringung ein. Man trank aus und Joel brachte die Übernachtungsgäste mit seiner Öllampe zu ihrem Quartier. Als er allen eine gute Nacht gewünscht hatte, verließ er den Stall und konnte hinter sich nur noch leises Kichern und Flüstern hören. Als er sicher war, dass die Beherbergten gut schlafen würden, ging er zu Bett.
Am nächsten Morgen traf er alle vier, mit etwas steifen Gliedern aber bester Laune im Gastraum an. Er servierte ein üppiges Frühstück. Nochmals verwies er auf die begrenzte Bettenzahl und wie gern er doch auch für mehr Gäste ein Nachtquartier anbieten würde. Der Bewilligungsantrag läge schon länger in Gotha, allein die Zustimmung von höchster Stelle stünde noch aus. Gelogen hatte er nicht, denn der Antrag lag tatsächlich in Gotha.
„Wie habt Ihr geschlafen?“, fragte Joel.
„Etwas ungewohnt aber doch recht gut.“, antwortete eine der Damen kichernd. Offensichtlich hatten alle vier noch angeregte Gespräche geführt und die höfische Strenge für einen Abend vergessen.
Einer der beiden Herren, welche versuchten doch wieder einen standesgemäßen Eindruck zu erwecken sprach: „Für dieses Mal hat es gelangt, Vater Joel. Wir möchten doch aber noch oft zu Euch kommen und wenn die Abende immer so

leutselig sind wie gestern, wäre ein gutes Quartier doch trotzdem gut zu wissen. Wir werden sehen, ob wir eurem Anliegen in Gotha nicht Gehör verschaffen!" Joel nickte zustimmend. Die vier brachen ausgelassen auf und es sollte keine Woche dauern, bis den Schmückewirt ein amtliches Schreiben erreichte, in welchem seinem Antrag bereitwillig zugestimmt wurde. Joel überlegte nicht lang und leitete die notwendigen Arbeiten in die Wege. Nach wenigen Monaten war die Schmücke um einen Erweiterungsbau reicher und neben einem großen Speisesaal hatte er nun auch ausreichend Fremdenzimmer zur Verfügung.

Die neu geschaffenen Fremdenzimmer sorgten natürlich für eine weitere Zunahme des Besucherverkehrs an der Schmücke. Joel und seine Mannschaft hatten in ihrem Fleiß die einstige Kaschemme zu einem angesehen und gutgehenden Bergasthof entwickelt und zahlreiche Gäste aus ganz Deutschland und gar dem Ausland kehrten nun unter verhältnismäßig komfortablen Standard auf der Schmücke ein. In Erinnerung geblieben ist dabei auch ein Ehepaar aus Berlin.

Die Berliner und die Kuhglocken

Am späten Nachmittag im Frühherbst erreichte das Paar die Schmücke und bezog Quartier. Joel nahm von den Gästen zunächst nur am Rande Notiz, kam aber nicht umhin aufgrund der Erscheinung der beiden und im Rahmen seiner Menschenkenntnis ein Gespräch zwischen den Gästen und Knecht Johann zu verfolgen. Der Ehemann, welcher schon von der Erscheinung her einen großsprecherischen und überheblichen Eindruck erweckte, schien sich nach dem Weg zum Teufelsmoor zu erkundigen.

Johann versuchte freundlich zu antworten, war aber ob der Erscheinung des Herrn sichtlich verunsichert und druckste herum. Joel schritt ein und erkundigte sich nach der Absicht der beiden. Der Berliner, ein groß gewachsener Mann imposanter Statur wandte sich auch gleich dem Wirt zu. Mit unverkennbarer Berliner Schnauze blaffte er Joel selbstherrlich an: „Wo jeht´n det zu diesm Teufelsmoor, von dem ick jehört habe? Da will ick mit min Frau heut noch hin!“ Dienstbeflissen wie Joel war, wollte er die Herrschaften auf die Gefahren des Moors hinweisen und sie von ihrem Vorhaben abbringen. Er entgegnete, wie gefährlich so ein Ausflug zu dieser Tageszeit sei. Der Berliner

wiegelte ab und meinte: „Jefährlich? Wat heeßt jefährlich? Det is ne Bagatelle für eenen Berliner! Ick hab den Mont Blanc bestiejen, in´n Vesuv jespuckt un am Matterhorn hab ick Jemsen mitter Hand jefangen! Nu mache keen Zermon! Wo jeht det jetz lang, zu den Moor?“
Die Ehefrau hingegen, hager und mit einem Bergstock bewaffnet war schon etwas ängstlicher und sprach: „Aber Manfred, ich habe gehört, es sollen schon viele Menschen im Moor ertrunken sein!“
Der alte Joel, der es mit den Preußen sowieso nie so recht hatte, antwortete ihnen in ihrem eigenen Dialekt: „Det stimmt! Vor einigen Jahren erst, ist eine Berliner Großschnauze unterjejangen! Die konnt den Mund nicht volljenug kriegen und hat uns fast das janze Moor trockenjelegt! Seitdem hamwer Vorkehrungen jetroffen und lassen die Leute nur noch mit Kuhglocken ins Moor!“ Er ging hinüber zum Balken vor dem Gasthaus, an dem die großen Kuhglocken aufgehängt waren, welche momentan nicht benötigt wurden und der Zierde dienten. „Wenn Se janz sicherjehn wolln, nehm´se jeder eene von die Glocken un hängen die sich um.“ Mit demonstrativ lautem Leuten nahm er die Glocken von der Wand, drückte jedem der beiden eine in die Hand und führte weiter aus: „Wenn`Se dann im Moor stecken bleiben, fang´Se laut an zu leuten un rufen um Hilfe, dann

hörn´Se die Holzhauer in der Nähe un holn´Se raus!"
Als die hagere Berlinerin das hörte, wurde sie kreidebleich. Ihr Bergstock fiel zu Boden und sie gleich hinterher. Bewusstlos lag die arme Frau am Boden, sodass Jette kam und ihr aufhalf. Die Todesmutige Erstürmung des Moores war so hinfällig wie Bergstock und Besitzerin und auch der Berliner Bergexperte rückte von seinem Vorhaben ab. Beide wurden ins Gasthaus geleitet und aßen zu Abend. Joel hatte sich und den anderen mutmaßlich eine nächtliche Rettungsaktion erspart.

Ludwig Bechstein

Die Faszination von Joel und der Schmücke strahlte weit ins Land, denn sie war nahezu einzigartig. Es gab keinen Ort weit und breit, wo das Wesen des einfachen Volkes und die Geschichten und Erfahrungen weitgereister Intellektueller so behaglich aufeinandertrafen. In der Mitte des Geschehens, gleich einem Dirigenten stand stets der alte Joel und verwob beide Welten mit sanftem Zwang. Nicht selten kamen Angehörige zweiteren Personenkreises explizit aus diesem Grunde auf die Schmücke, denn hier konnte man, um es mit Luther zu sagen: *dem Volke aufs Maule schauen.* Einer dieser Intellektuellen war der Schriftsteller Ludwig Bechstein, welcher im Laufe der Zeit ebenfalls häufiger Gast und ein guter Freund Joels geworden ist. Bechstein selbst kam aus gutem Hause. Sein Adoptivvater Johann Matthäus Bechstein war Naturforscher, Forstwissenschaftler und Ornithologe. Er leitete ab 1800 die Forstakademie in Dreißigacker bei Meiningen und war Mitglied sowohl der preußischen als auch der bayrischen Akademie der Wissenschaften. So prägte er das thüringische Forstwesen maßgeblich mit und leistete Pionierarbeit im Bereich des Umweltschutzes.

Ludwig Bechstein war gerade einundzwanzig als sein Adoptivvater 1822 in Dreißigacker starb. Trotz allem hatte jener ihn geprägt und seinen Forschergeist und Wissensdrang gefördert. Der junge Ludwig erhielt, nicht zuletzt durch die Errungenschaften seines Vaters, vom Herzog von Sachsen-Meiningen, Bernhard II. ein Stipendium und konnte so ab 1829 in Leipzig und München Philosophie, Geschichte und Literatur studieren. Dies geschah nicht ganz uneigennützig, denn der Herzog ernannte ihn sofort zum Kabinettsbibliothekar und zum Leiter der herzoglichen, öffentlichen Bibliothek in Meiningen. Bechstein begann seine Tätigkeit mit großem Fleiß und Eifer und gründete sogleich den *Hennebergisch altertumsforschenden Verein zu Meiningen,* welchen er lange Jahre leitete. Er veröffentlichte eine Chronik der Stadt Meiningen und wurde alsbald zum Hofrat ernannt. Seine eigentliche Leidenschaft, welche ihn schlussendlich auch auf die Schmücke führte, war jedoch die Welt der Sagen und Märchen. Bereits in Kindheit und Jugend sog er alle Geschichten über Berge, Orte, den Wald und mysteriöse Vorfälle und dunkle Erzählungen auf wie ein Schwamm. Nun war er erwachsen und hatte durch sein Studium und seine Dienststellung die Möglichkeit, seiner Leidenschaft ein wissenschaftliches Fundament zu geben.

Die Eigenart von Sagen und Volksmärchen liegt in ihrer Quelle, denn es ist Stoff aus dem einfachen Volk. Jeder, welcher diesen Stoff hören möchte, muss dorthin gehen, wo jener Stoff ist; also ins Volk. So war Bechstein klar, dass er die Orte und Menschen aufsuchen musste, welche in den Geschichten vorkamen oder die sie ihm erzählen konnten. Als Vorlage und Orientierung diente ihm dabei die Arbeit der Gebrüder Grimm. Bechstein jedoch untersuchte vor allem die Märchen- und Sagenwelt seiner eigenen Umgebung und das war vor allem die des Thüringer Waldes. Er nutzte jeden freien Tag, um seine Forschung

Ludwig Bechstein

voranzutreiben und so gelang es ihm 1845 sein *Deutsches Märchenbuch* zu veröffentlichen, welches zum Standardwerk wurde.
Einer seiner Ausflüge brachte ihn, noch bevor Joel der Schmückewirt wurde, erstmals hinauf auf das Bergidyll. Damals hatte sich Bechstein in Goldlauter einen Träger engagiert, welcher ihm für ein paar Groschen sein Reisegepäck über das Gebirge

tragen sollte. Von jenem hörte er eine Geschichte. Diese kannte er in groben Zügen schon, doch war es faszinierend für ihn, den Sagenstoff direkt vor Ort zu hören. So berichtete der Goldlauterer ihm beim Passieren des Schneekopfes von der Sage vom *Jägerstein*. Diese berichtet von einem Burschen, welcher offenbar ein recht ungeschickter Jäger war und es mehrmals nicht vermochte, einen Hirsch zu töten, welchen er zu verschiedenen Zeitpunkten im Wald antraf. Der beißende Spott seines Onkels erniedrigte den Jungen zutiefst. Der Ratschlag eines Freundes ließ ihn sich in einer Glashütte in Gehlberg eine gläserne Kugel für seine Büchse in Auftrag geben. Mit dieser Kugel sollte das Unterfangen gelingen. Als er den Hirsch das nächste Mal traf; es war unterhalb des Schneekopfs; saß sein Schuss und das Tier fiel zu Boden. Als er sich dem Hirsch näherte, war dieser plötzlich verschwunden und stattdessen lag sein Onkel tot auf den Boden, getötet von jener gläsernen Kugel.

Bechstein liebte solche Erzählungen und nahm sie eifrig auf. So bereiste er nach und nach weite Teile des Thüringer Waldes und seine kleinsten und abgelegensten Winkel und Bergdörfer. Beeindruckt von der Schönheit der Schmücke, kehrte er noch einige Male dorthin zurück, nicht zuletzt auch um das Bergpanorama auf dem Schneekopf zu

studieren. Bereits kurz nach dessen Amtsantritt lernte er so den alten Joel und natürlich auch Forstmeister Morba kennen. Aufgrund von Bechsteins familiärem Hintergrund, mangelte es den Dreien nicht an Gesprächsstoff.
Bechstein liebte die Besuche auf der Schmücke denn die Gesellschaft, welche ihn erwarten würde, war für ihn stets wie eine Wundertüte. Fand er keine neuen Erzählungen über Sagen und Märchen, so war doch allzu oft ein gebildeter Forschungsreisender oder Schriftsteller zu Gast bei Joel oder nicht selten auch die Studenten. Mit letzteren verband Bechstein durch sein eigenes Studium auch vieles, denn auch er war Burschenschaftler. So mangelte es nie an Kurzweil, wenn Ludwig Bechstein auf der Schmücke verkehrte.
Joel mochte ihn sehr. Auch wenn Bechstein jünger war als Joel; er war etwa gleichalt zu Morba; lernte Joel stets etwas von ihm. Sein wacher Geist und seine hohe Allgemeinbildung imponierten dem alten Schmückewirt. Er kam jedoch einfach nicht umhin, den gebildeten Bechstein mit manch spitzem Kommentar einen sarkastischen Seitenhieb zu geben, wenn dieser mal wieder völlig verkopft sein Wissen offenbarte und die meisten Zuhörer ihm schon lange nicht mehr folgen konnten.
Es war genau dieser Umstand, welcher die Bekanntschaft der Beiden so fruchtbar machte. Joel

verschaffte dem theoretischen Ansatz Bechsteins ein praktisches und volksnahes Fundament. Nicht selten war es so, dass Holzhauer oder Fuhrleute einen unschätzbaren Fundus an Geschichten und Berichten in sich trugen, welchen sie aber Leuten wie Bechstein nicht offenbarten, da sie solch hochgeistigen Gesellen wie ihm überaus skeptisch gegenüberstanden. Joel vermochte es dann wie kein zweiter, zwischen den beiden Welten zu vermitteln. Auf diese Weise fand eine Art des Wissensaustauschs statt, wie ihn keine Universität oder Schule jemals hätte aufbieten können – es war die eigentliche und sprichwörtliche *Gesellschafts*-Wissenschaft des alten Joel.
Wenn an kalten und dunklen Tagen und Abenden kein Gast auf der Schmücke war, so philosophierten die drei Männer über den Forst, die Wälder und die Natur. Vieles von dem, was Bechsteins Vater für die Wissenschaft errungen hatte, hatte auch Morba in seiner Ausbildung in Dreißigacker gelernt und so schloss sich der Kreis, als Bechstein die Arbeiten zu einer Biografie über das Werk seines Adoptivvaters begann.

Die Winterunterhaltung

Dezember 1851

Seit Tagen war die Schmücke von dickem Nebel umhangen und der Schnee lag fast zwei Meter hoch. Kein Mensch verirrte sich hinauf in die Gebirgsschenke. Es war im Wesentlichen dasselbe Bild wie immer in solchen Tagen, die Schmückebewohner versammelten sich um den Küchenherd. Jette und Röse stopften Socken oder häkelten, Luise kochte und die Männer saßen bei Kaffee und Tee zu Tisch und rauchten ihre Pfeifen. Eisblumen überzogen die Fenster und obwohl gerade Mittag war, wollte es gar nicht recht hell werden draußen. Immer wenn der Nebel sich ein wenig lichtete, begann es zu schneien und wenn es nicht schneite, frischte der Wind auf. Joel und die anderen wussten, dass diese Wettersuppe wohl gut und gerne eine Woche auf der Schmücke hängen würde. Gelegentlich ging man hinaus, um Holz zu holen oder einfach kurz frische Luft zu schnappen. Immer wenn Joel draußen stand, war es totenstill; so still, dass die Ohren schmerzten. Einzig der Wind blies hier und da durch die hohen, schneebedeckten Tannenwipfel. Tag um Tag verging.

Eines Morgens ging Joel in trauter Routine hinaus, um seine Morgentoilette zu verrichten und Feuerholz zu holen. Er hatte etwas länger als sonst geschlafen, weil es in diesen Tagen sowieso keinen Grund gab, früh aufzustehen. Der Tag war bereits angebrochen, doch wie die anderen zuvor war alles nebelverhangen und der Blick reichte kaum, die Hand vor Augen zu sehen. Es waren Morgen wie dieser, in denen die Schmücke ihre düstere Seite zeigte. Die weiten, weißen Flächen des Schnees gingen nahtlos über, in das Weiß des Nebels, sodass man glaubte in einem riesigen Bausch von Watte zu sitzen, einzig den Boden und das Haus als Halt und Orientierung. So war es nicht nur für die Ohren schmerzhaft, nein die Reizarmut war auch für das Auge eine Zumutung. Alles wirkte gedämpft und bedrückend. Selbst der alte Joel konnte sich in all den Jahren nicht an solche Wetterlagen gewöhnen.
Er blieb kurz stehen, tat nichts und ließ das Wetter auf sich wirken. Kein Geräusch, kein Laut, kein Fixpunkt. Es war, als könne man seine eigenen Gedanken hören, wenn diese nicht vom Pfeifen eines Tinnitus übertönt würden. Joel schmerzte der Kopf. Er ging hinüber zum Schuppen. Das Stapfen der Schritte im eisigen Schnee durchbrach die Stille und der aufsteigende Atem erzeugte wenigstens etwas, was sich vor ihm bewegte.

Dicke Eiszapfen hingen vom Schuppendach und das Fenster war bis zur Oberkannte zugeschneit. Joel klaubte einige Scheite Holz aus dem Stapel und legte sie neben sich. Seine grauen Locken waren bereits vereist. Mit kräftigen und kurzen Hieben spaltete er das Holz mit der Axt. Möglichst klein mussten die Späne sein, um den Ofen anzuschüren. Als genügend auf den Boden gefallen waren, legte er die Axt ab und bückte sich, um die Späne aufzuheben. Plötzlich hörte er, wie Schnee zusammengedrückt wurde. Das markante Geräusch eines Tritts im Schnee. Langsam und bedächtig. Joel hielt inne. Er lauschte. Zu sehen war nichts. Plötzlich ein zweiter Schritt. Ebenso langsam und bedächtig. Der Schnee verdichtete sich abermals hörbar. Joel richtete sich auf und griff zur Axt. Erschrecken konnte ihn so schnell nichts, aber man konnte nie so recht wissen, wer bei diesem Wetter hier heroben rumschlich.
Ein kräftiges Schnaufen war zu hören. Joel nahm die Axt in beide Hände und umschloss sie fest. Er lauschte weiter angestrengt. Mit zusammengekniffenen Augen blickte er in den dichten Nebel. Plötzlich schien dieser Konturen anzunehmen. Eine riesige dunkle Silhouette tauchte vor ihm auf und kam näher. Joels Puls stieg. Noch immer versuchte er das Etwas genauer zu erkennen. Es

gelang ihm nicht. Die Silhouette wurde größer und größer und kam näher und näher.
Joel trommelte mit den Fingern auf dem Axtstiel herum, in Erwartung, ausholen zu müssen. „Wer ist da?“, rief er. Seine Stimme klang dumpf im Nebel. Er bekam keine Antwort auf seine Frage. Ein Schnaufen war zu hören. Schnee wurde langsam verdichtet. Joel rief nochmals: „Wer ist da?“, nun schon etwas unsicherer. Nun war sein Gegenüber nur noch wenige Meter entfernt. Joels Puls stieg. Schließlich gab der Nebel endlich sein Geheimnis preis.

Erst kam das Geweih und dann der Kopf aus dem Nebel. Es war ein Rothirsch.

Joel lies die Axt sinken und atmete erleichtert durch. Nicht nur die Menschen kannten den Kreiser, sondern auch die Tiere. Der Hirsch hatte keine Scheu vor ihm und er keine vor dem Hirsch. So kam dieser hinüber zu Joel und grüßte ihn freundlich mit gesenktem Haupt. Joel tätschelte ihm die Schnauze und der Hirsch entschwand im Nebel, während Joel ihm gerührt hinterherschaute. Von der Begegnung erbaut nahm er sein Holz und ging zurück ins Haus, wo Luise bereits auf ihn wartete.

Als er das Haus betrat kam kurz hinter ihm auch schon Johann von seiner Unterkunft im Nachbarhaus her angerannt. Mit verschränkten Armen hielt er seinen hochgeschlagenen Kragen fest und prustete fröstelnd mit den Wangen als er eintrat. „Ist das eine Schweinekälte heute!", schimpfte er mit zitternder Stimme. Joel schaute ihn gelassen an und rieb sich einen Bauch. „So´n dürres Hemd wie du friert ja auch schneller! Musst mal´n bisschen mehr essen mein lieber!", witzelte Joel und zeigte auf Johanns Bauch. „Nun lass doch den armen Jungen! Der wird halt noch nicht so lange von mir verwöhnt, wie du!", schritt Luise mütterlich ein. Sie hatte schon ihre Schürze an und ihre langen grauen Haare wie immer zu einem strengen Dutt gebunden, was ihre Mütterlichkeit zusätzlich unterstrich. Dies hatte einen Grund, denn heute stand Besuch ins Haus.
Die Freunde des Ehepaares hatten sich schon vor Wochen für diesen Abend angekündigt und wenn die Welt nicht vollends untergehen würde, würden sie auch erscheinen. Es war Brauch bei Luise und ihrem Mann, dass gute Freunde doch zumindest einmal im Quartal zum abendlichen Beisammensein eingeladen wurden, wenn sie nicht so oder so zwischendurch schon als Gast kamen. Die Vorbereitungen waren für Luise eine Kleinigkeit, es gab ja sowieso nichts anderes zu tun, aber an

solchen Tagen herrschte trotzdem Zucht und Ordnung und so hatte sie schon in der Früh ihre „Dienstkleidung“ an. Joel hingegen schlurfte noch halb im Nachthemd durch die Gegend, hatte ja aber wenigstens schon Holz geholt. Luise nahm ihm selbiges ab und ging hinüber zum Ofen. Johann hatte sich berappelt und eilte ihr mit den Worten: „Aber aber, Luise! Lass mich das machen!“, hinterher. Sie willigte ein und Johann machte Feuer.
Es dauerte nicht lange, da dampfte das Kaffeewasser auf dem Herd und eine wohlige Wärme zog in Raum und Glieder. Jette und Röse kamen herein und gingen sofort Luise zur Hand.
Der Frühstückstisch wurde gedeckt. Mit quietschenden Geräuschen saß Joel beim Tisch und malträtierte die alte Kaffeemühle. Luise nahm die Kanne mit dem Wasser vom Herd und goss den frisch gemahlenen Kaffee auf. Es war einer der schönsten Gerüche, welche die Schmücke aufzubieten hatte. Während alle der Aufgießzeremonie folgten, hörte man sich jemanden vor der Tür die Füße abtreten – es war Morba. In voller Dienstkleidung trat er ein, wünschte allen einen wundervollen Morgen und setzte sich zu Tisch. Jette brachte das Brot und schließlich saßen alle. Nach kurzem Tischgebet begann das Frühstück. Morba schnitt sich ein Stück Schinken ab und ehe er es

sich in den Mund schob, fragte er Joel: „Meinst du, es bleibt heute so, da draußen?“ Joel antwortete mit halbvollem Mund: „Werden wir sehen! Nun ist schon fast ne Woche rum, ohne ein einziges Wolkenloch. Sie meint es nicht gut mit uns, unsere alte Schmücke!“ Morba gab durch Nicken kauend seine Zustimmung zu Joels Einschätzung. Die Schmücke meinte es wirklich nicht gut mit ihnen. Dennoch konnte man nie wissen, wann der Himmel sich plötzlich und unerwartet auftat. Jeder Anwesende wusste, welch herrlicher Anblick die Schmücke in diesen Fällen war.

Genaugenommen war dies das Herzstück ihres Reizes: noch im ersten Moment wolltest du sie verfluchen und verdammen, wenn seit Tagen nichts als Nebel, Regen, Schnee und Kälte in den Knochen steckte und plötzlich, gleich einem göttlichen Gruß, öffnete sich die Wolkendecke, offenbarte herrlichsten Sonnenschein und blauen Himmel. Auf diese Weise war stets ein tagelanges Unbehagen und ein Groll gegen das Wetter in wenigen Wimpernschlägen vergessen. Das Herz füllte sich mit Sonne und der majestätische Anblick der hochgelegenen Bergschönheit ergoss sich aufs Gemüt.

Die Schmückemannschaft hatte ihr Frühstück noch nicht ganz beendet, als plötzlich ein heller Schein durchs Fenster fiel und den Raum erhellte.

Reflexartig und mit zusammengekniffenen Augen blickten alle Anwesenden ungläubig in Richtung des Fensters. Sollte es ausgerechnet heute so weit sein? Morba schaute schmunzelnd zu Joel und sprach: „Na siehst du, auf unsere alte Schmücke ist halt doch Verlass!“ Sie beendeten zügig ihr Frühstück und räumten schnell gemeinsam den Tisch ab. Schnellstmöglich gingen sie geschlossen zur Tür und gingen hinaus. Mit freudigen Mienen und hell erleuchteten Gesichtern, standen sie alle samt im lockeren Halbkreis vor dem Gasthaus und schauten sich um. Genau das Erhoffte war eingetreten und der Herrgott zeigte sich gnädig. Niemand sagte etwas und alle genossen schweigend die Aussicht. Der Sachsenstein strahlte in hellsten Farben und das grelle Weiß des Schnees wurde allein vom Stahlblau des Himmels gedämpft. Gab es am Morgen nur eine Farbe, nämlich Weiß und einige Abstufungen davon, so waren es jetzt drei: das Weiß des Schnees, das Stahlblau des Himmels und das satte bläuliche Grün der dichten Thüringer Wälder.
Joel war einfach nur zufrieden und atmete tief die frische Winterluft ein. Mit vergnügtem Blick schaute er sich um. Als sein Blick über die weiten, weißen Wiesen schweifte und die Baumreihe traf, erblickte er plötzlich den Rothirsch vom Morgen, welcher majestätisch vor der Waldkante stand

und zu ihnen hinüberschaute. Es war, als grüße er Joel noch einmal, bevor er abermals verschwand. Jette und Röse hielten mit geschlossenen Augen ihre Gesichter in die Sonne. Johann formte sich einen Schneeball und jonglierte mit ihm herum. Einzig Luise fröstelte und verzog das Gesicht.
„Ich gehe jetzt wieder rein, macht, was ihr wollt!", sagte sie und rieb die Arme unter der Schürze auf den Oberschenkeln auf und ab. Sie ging hinein. Jette und Röse folgten ihr alsbald. Die Männer blieben noch kurz stehen und hielten einen Plausch. Als sie hereinkamen, waren die Frauen schon voll bei den Vorbereitungen. Joel und Luise pflegten nun den Brauch, beziehungsweise die Sitte, dass sie trotz des neuen großen Anbaus, die mehr oder minder privaten Abende mit Gästen weiterhin im alten Gastraum abhielten. Dieser hieß nun *Kutscherstube* und wurde vorwiegend für das Tagesgeschäft genutzt. Trotz allem oder gerade deswegen, war dort jedoch das Ambiente wesentlich urwüchsiger und gemütlicher.
Jette und Röse deckten ein. Johann war wie so oft mit dem Holz beschäftigt und schuf genug Reserven in Reichweite zum Ofen, denn heute Abend würde er Zither spielen müssen oder *dürfen,* wie er es betrachtete. Joel und Morba machten sich hinaus, das abgehangene Wild zu holen, damit

Luise einen schmackhaften Braten daraus zubereiten konnte.
Am Stall angekommen, fragte Morba Joel: „Wie viele Leute erwarten wir denn heute? Wie üblich?“ Joel verzog nachdenklich die Mundwinkel und zuckte mit den Schultern. „Naja, wir werden sehen. Irgendwie sind wir ja immer ein paar mehr als geplant, nicht wahr? Da sich das Wetter heute nun doch so aufgemacht hat, wäre es gut möglich, dass der ein oder andere nun doch noch versucht, ein paar Wege zu erledigen. Vielleicht kehren noch zwei, drei ein. Platz haben wir ja genug.“, erhielt er als Antwort. Morba nickte zustimmend, ging nochmal hinein in den Stall und nahm eine weitere Rehkeule mit hinaus. „Nur zur Sicherheit!“, erklärte er sich.
Joel betrachtete das aufgenommene Wild und zählte laut, gedanklich die Gäste durch: „Also, wir sind sechs, von Bülow kommt mit Frau, von dem ist ja auch das Wild. Der alte Heyland kommt aus Elgersburg, aber allein. Dann hätten wir noch Klenk und Bechstein, den Freiherren von Minckwitz mit Frau, und das Ehepaar Gundlach aus Gehlberg kommt noch. Der einzige, der´s noch nicht genau wusste, ist der Wirt vom Domänegasthof in Oberhof, der meinte, wenn er selbst Gäste hätte, könne er leider nicht kommen, was ihn jedoch sehr grämen würde. Das waren sie

glaube ich…“ Mit der rechten schob er nachdenklich sein Hauskäppchen vor und zurück und blickte mit leerem Blick in den Schnee. „Ach, na die Pellnitzens aus Gotha, die hätte ich fast vergessen!“ Morba hatte gedanklich mitgezählt und sprach: „Achtzehn, mit dem Oberhofer? Na das passt doch! Also, wie immer!“ Joel brummte zustimmend. Sie nahmen ihr Wild auf und gingen ins Haus.

Die Gästeliste bestand an diesem Abend aus jenen, welche zumeist sowieso Gäste auf der Schmücke waren, jedoch zur Winterszeit natürlich seltener kamen. Zwar waren sie alle in etwa in vergleichbarem Alter aber; wie bei Joel üblich; hätten sie vom sozialen Stand her nicht unterschiedlicher sein können, doch das zählte hier nicht. Es war vermutlich allein dem Umstand zu schulden, dass es nicht Sommer war, dass nicht gar der Herzog persönlich mit seiner Frau als Gast geladen worden wäre. Das Ehepaar Pellnitz aus Gotha kannte Joel schon seit ihrer Hochzeit. Frau Pellnitz, eine geborene Merbach, war von Familie Joel in Gotha aufgenommen worden und wurde quasi als Kind betrachtet. Ein entsprechend enges Verhältnis hatte sie zum Ehepaar Joel. Forstmeister Klenk war Förster in einem der Nachbarreviere und quasi ein Kollege von Joel und Morba. Der alte Heyland hatte früher das Gasthaus *Zum*

Schützen in Suhl geführt und einige Jahre später die Kaltwasserheilanstalt in Elgersburg erworben. Er war es, welcher Joel die Kurgäste auf die Schmücke schickte, zum beiderseitigen Nutzen. Das Ehepaar Gundlach war ein einfaches, bodenständiges Paar aus Gehlberg, welches ebenfalls mit Joels befreundet war. Die größeren Kaliber in der Runde waren natürlich Ludwig Bechstein, Freiherr von Minckwitz und Baron von Bülow. Herrmann von Minckwitz war bereits gute sechzig Jahre alt und der Sohn von Friedrich August Wilhelm von Minckwitz, Geheimer Rat, Minister und Obersteuerdirektor in Gotha-Altenburg, welcher ein Freund Goethes war. Er selbst wiederum war herzoglich-sächsischer Kammerherr und Forstmeister in Georgenthal und hatte sich gemeinsam mit Julius von Pländckner in besonderer Weise beim Straßenbau von Ohrdruf nach Suhl verdient gemacht.
Baron von Bülow, Heinrich Bernhard, mit Vornamen wohnte in Suhl, stammte jedoch nicht von dort und war der Inbegriff des preußischen Fabrikanten, jedoch auch ein begnadeter Jäger. Sein Status als Fabrikant handelte im nicht selten den berühmten joelschen Spott ein, aber sein Talent als Jäger die ebenso berühmte joelsche Achtung.
Joel und Morba hatten inzwischen das Haus erreicht und legten das Fleisch ab. Morba hielt kurz

inne und dachte nach, als ihm plötzlich einfiel: „Ach Mensch, den Landrat haben wir doch vergessen! Den hatte ich doch noch zusätzlich eingeladen, als er das letzte Mal da war!“

Landrat Ewald aus Gotha war ein Studienfreund Morbas und ein begnadeter Zeichner, nicht wenige hübsche Naturansichten aus den umliegenden Wäldern stammten von ihm. Joel meinte nur; „Na der isst eh nicht viel, den kriegen wir satt!“

Der Tag schritt voran und schnell war alles vorbereitet. Die Gäste waren für den späten Nachmittag bestellt, da die Beschaffenheit der Wege natürlich niemand kennen konnte.

Die Gehlberger waren die ersten, Luise servierte Kaffee. Dann kam Ludwig Bechstein gemeinsam mit den von Bülows und bereits kurz darauf die Gothaer, gemeinsam mit Heyland. Sie waren fast vollzählig, einzig Forstmeister Klenk war noch nicht erschienen, was jedoch kein Grund zur Besorgnis war. Man saß gemütlich beisammen und plauderte bei Kaffee und Kuchen über die neuesten Neuigkeiten. Eine gute Stunde verging und es war bereits dunkel, als Klenk erschien. Er hatte auf dem Weg zur Schmücke einige junge Holzhauer aus Goldlauter getroffen, welche etwas Schwierigkeiten beim Holzrücken hatten und hat mit Erfahrung und Tatkraft unterstützt. Als sie ihr Werk verrichtet hatten, „befahl“ er den jungen

Burschen, welche völlig unterkühlt waren, ihn zur Schmücke zu begleiten. Da diese den alten Joel natürlich bestens kannten, ließen sie sich nicht lang bitten. Joel und Luise freuten sich über die junge Gesellschaft und nicht zuletzt Jette und Röse waren durchaus erfreut über die stämmigen Jünglinge.

Joel war vor allem deshalb über die Ankunft der Holzhauer erfreut, da er bestens um deren gesangskräftigen Stimmen wusste. Allgemein waren die Burschen aus Goldlauter für ihren herrlichen Gesang und ihre Textfestigkeit bekannt. Der alte Schmückewirt hatte nämlich, gleich einem Zeremonienmeister, schon einen festen Ablaufplan im Kopf, wie er seine Gäste besonders erfreuen konnte. Fester Bestandteil war natürlich er selbst mit seinen humoristischen Einlagen, sowie Johann mit seinem göttlichen Zitherspiel. Wenn er nun auch noch solch stimmgewaltiges Jungvolk auf der Habenseite wusste, konnte der Winterabend auf der Schmücke nur ein ganz besonderer werden.

Luise ließ Jette und Röse den schmackhaften Braten servieren. Ein köstlicher Essensduft durchzog alle Räume, sodass allen anwesenden das Wasser im Munde zusammenlief. Serviert wurden die handgerollten Klöße, für welche die Dame des Hauses berühmt war. Man speiste bei Wein und

Bier, begleitet von der seichten Musik Johanns. Joel sprang plötzlich auf, erhob sein Glas und setzte an zu einem anrührenden Trinkspruch: „Liebe Freunde, es ist mir wie immer eine besondere Ehre, euch auch heute Abend auf der höchsten Behausung des Thüringer Waldes bewirten zu dürfen!“ Er sprach jeden Gast persönlich an und fand einige schmeichelnde Worte zu jedem.
In besonderem Maße begrüßte er nochmals die jungen Gäste, was ihm wie immer ein besonderes Anliegen war, wusste er doch um den Wert der Jugend, die die Geschicke des Waldes in der kommenden Generation bestimmen würde. Auch Landrat Ewald grüßte er besonders, da er ein eher seltener, dafür aber umso treuerer Gast war.
Zur allgemeinen Erheiterung und zum gespielten Widerwillen Baron von Bülows gab er eine Geschichte zum Besten, welche diesen und ihn selbst betraf: „Auch unseren besten Jäger möchte ich meinen Dank aussprechen, denn er hat uns das Wildbret geschossen, welches wir heute so gemeinschaftlich verzehren und welches meine geliebte Frau so köstlich zubereitet hat. Was die Anwesenden gewiss nicht wissen ist, dass der Baron stolzer Besitzer eines majestätischen Hirschgeweihs ist, welches dereinst hier im Gastraum hing.“ Landrat Ewald musste vor Lachen sein

Glas absetzen, denn auch er war bei dem Vorfall beteiligt gewesen.
Joel fuhr fort: „Das Geweih habe ich ihm in einem ehrlichen Tauschhandel überlassen.“ Er gab Röse ein Zeichen und diese lief hinaus in den Vorraum, wo Joels prunkvolle Perkussionsbüchse aus Suhler Produktion hing, brachte diese herein und übergab sie dem Schmückewirt. Joel nahm sie an sich und präsentierte sie den Gästen. Es war eine kunstvoll verzierte Waffe, mit goldenen Beschlägen und aufwändiger Gravur. „Der Baron saß vor einiger Zeit hier und betrachtete das seltene Geweih voller Interesse. Ich bot es ihm an, im Tausch gegen eine Sache, welche er mir einige Monate zuvor ausgeliehen hatte. Er konnte sich jedoch nicht entsinnen, was diese Sache war. Ich sagte ihm, dass ich etwas von ihm in Verwahrung hätte, was offenbar keinen großen Wert für ihn habe, da er es ja sonst schon längst abgeholt hätte. Mein Angebot lautete, dass ich dieses corpus delicti behalte und er im Gegenzug das Geweih bekommen könne.“
Von Bülow schlug die Handflächen auf die Augenlider, da ihm dieser Kuhhandel offenbar noch immer peinlich war. Sein heiteres Gesicht verriet allerdings, das er als Ehrenmann und Fabrikant an gemachten Geschäften festhielt. Landrat Ewald schaute ihn amüsiert an und meinte laut in

die Runde: „Na, Bülow, lass den alten Joel nur fertig erzählen, von deinem Glanzgeschäft!“ Die Runde lachte. Joel fuhr weiter fort: „Ja, der Ewald weiß es auch noch ganz genau! Jedenfalls wusste der Herr Baron nicht mehr, um was es sich handelte und sagte nur lapidar, es könne ja kein Rittergut sein, wir könnten also ruhig tauschen. Wir reichten uns die Hände und besiegelten das Geschäft, Ewald hat´s als Unabhängiger ebenfalls besiegelt. Als ich ihm nach vollendetem Tausch offenbarte, dass es sich um diese Büchse hier handelte, war er etwas blässlich um die Nase. Aber Geschäft ist Geschäft! Nun bin ich stolzer Besitzer dieser Büchse und der Baron hat im Gegenzug ein schmuckvolles Hirschgeweih.“ Schallendes Gelächter brach aus und die, die in der Nähe des Barons saßen, klopften ihm teilnahmsvoll auf die Schulter. Der Baron schüttelte lachend mit dem Kopf und sprach: „Da seht ihr´s wieder: macht keine Geschäfte mit dem alten Joel, wenn ihr euch nicht absolut sicher seid!“ „Darauf trinken wir!“, rief Ewald und alle prosteten sich zu. Im Anschluss ging die prächtige Büchse durch die Runde, sodass sie jeder betrachten konnte. Als alle sie gesehen hatten und die Gespräche leiser wurden, erhob sich Joel abermals, um seine Ansprache zu beenden und den gemütlichen Teil des Abends einzuläuten. Er nahm sein Käppchen vom ergrauten Haupt und begann mit seiner unverkennbaren, tiefen Stimme, ein Lied zu singen:

Wer läßt dem Winde freien Lauf,
Wer heißt die Himmel regnen?
Wer schließt den Schoß der Erden auf,
Mit Vorrat uns zu segnen?
O Gott der Macht und Herrlichkeit,
Gott, deine Güte reicht so weit,
So weit die Wolken reichen!

Mit diesem Tischgebet schloss Joel seine Rede und setzte sich. Gerührt von derlei Worten, bedankten sich alle bei ihm. Frau Gundlach wischte sich mit dem Handrücken eine Träne aus dem Auge und murmelte ein leises *amen!* Der Wein wurde aufgefüllt und man unterhielt sich gelassen. Es sprach jeder mit jedem und es wurde viel getrunken, geraucht und gelacht. Hier und da ging man gemeinsam hinaus zur Toilette. Hier und da ging ein Glas zu Bruch.
All das wurde leise begleitet vom Zitherspiel Johanns. Klenk und Morba fachsimpelten mit den drei Burschen aus Goldlauter über den anstehenden Holzeinschlag. Luise betreute die Ehepaare und Landrat Ewald. Jette und Röse standen am Tresen und hatten, neben dem Füllstand der Getränke vorwiegend Augen für die jungen

Holzhauer. Heyland und Bechstein waren am Rand des Raums ebenfalls ins Gespräch vertieft. Inmitten des Geschehens; als sei er völlig unbeteiligt; saß der alte Joel, seelenruhig und beobachtete das Geschehen.

Die Arme auf dem dicken Bauch verschränkt, zog er genüsslich an seiner langen Pfeife. Die Achse der Schmücke ruhte wie immer in sich selbst. Dies war eine weitere Eigenart, welche ihn auszeichnete: viele Menschen konnten im Wald oder in der Natur sitzen und die Ruhe genießen – das konnte Joel auch – er jedoch vermochte es ebenso inmitten von lautem, leutseligen Getöse zu sitzen und dies zu genießen.

Saß er in solch einer Runde und konnte den Menschen beim ausgelassenen Feiern und Plaudern zuschauen, war das das Größte für ihn. Er wusste, dass die Menschen zumindest in diesem Moment glücklich waren, egal was sie im Alltag grämte und bedrückte. Hatte er selbst seinen Anteil daran, war das für ihn das höchste der Gefühle.

Nachdem er eine Zeitlang das Treiben verfolgt und genossen hatte, stand er auf und ging hinüber zu Johann und dann zu den jungen Holzfällern. Nach kurzem Gespräch mit den Besagten, bat er alle Gäste um Ruhe und teilte die Gesangbücher aus. Mit den Worten: „Jette, Schnaps!“, leitete er den gesanglichen Teil des Abends ein. Jette brachte schnell eine Runde Bärwurz und nach kurzem Prost und einigen verzogenen Gesichtern, war selbiger vertilgt. Joel dirigierte den Gesang, suchte die jeweiligen Seitenzahlen der Lieder heraus und sagte sie an. Als erstes Lied wählte er *Im Krug zum grünen Kranze.* Johann gab mit der Zither das Startsignal und sogleich stimmte man den gemeinschaftlichen Gesang an.

Im Krug zum grünen Kranze,
Da kehrt' ich durstig ein:
Da saß ein Wandrer drinnen,
Am Tisch bei kühlem Wein.

Ein Glas war eingegossen,
Das wurde nimmer leer;
Sein Haupt ruht' auf dem Bündel,
Als wär's ihm viel zu schwer.

Ich thät mich zu ihm setzen,
Ich sah ihm ins Gesicht,
Das schien mir gar befreundet,
Und dennoch kannt' ich's nicht.

Da sah auch mir ins Auge,
Der fremde Wandersmann,
Und füllte meinen Becher,
Und sah mich wieder an.

Hei, was die Becher klangen,
Wie brannte Hand in Hand:
»Es lebe die Liebste deine,
Herzbruder, im Vaterland!«

Die drei jungen Burschen hatten sich nebeneinander im Hintergrund an der Wand neben dem Tresen aufgebaut und überragten die übrigen Gäste. Jette und Röse standen neben ihnen, unmittelbar vor dem Tresen. Die anderen saßen am Tisch und Johann etwas abseits. Mit geübten Stimmen gelang der Gesang nahezu harmonisch und so erklang eine göttlich schöne Melodie in die Dunkelheit der Bergeinsamkeit dort oben im höchsten Hause Thüringens.

Nach jedem Lied brachten Jette und Röse eine weitere Runde Bärwurz an den Tisch. Schon nach kurzer Zeit wurden die Köpfe etwas röter, die Stimmen etwas lauter und die Inhalte etwas rührseliger. Landrat Ewald, der Einzige, der nicht so recht singen wollte oder konnte, setzte sich einige Meter entfernt und begann die illustre Gesellschaft zu zeichnen. Nach einigen Liedern kam Joel zu ihm und betrachtete das Bild. „Na nu, mein guter Ewald, das sieht mir aber nicht wie der heutige Abend aus, da auf dem Bild!", sagte Joel ironisch.

Ewald, der gerade fertig war mit Zeichnen, hielt es Joel stolz vor die Nase und antwortete: „Nein, nein mein Freund! Ich habe aus den Gedanken heraus ein Bild zeichnen wollen. Ich hab´ Luise vorhin gefragt, was ihr denn hier oben an normalen Winterabenden so treibt, wenn keine Gäste da sind. Sie hat mir geantwortet und das Ergebnis siehst du hier!“
Joel nahm das Bild an sich und studierte es genau. Unverkennbar waren darauf er selbst, Morba und Luise zu erkennen. Joel steht in voller Manneskraft Pfeife rauchend am Tisch, neben sich ein Becher und eine tönerne Flasche. Gegenüber sitzt Morba und tut dasselbe. Beide blicken gedankenverloren in den Raum. Zwischen den beiden sitzt Luise und dreht an ihrer Kaffeemühle. Joel prustete heraus vor Lachen. „Genau getroffen, Ewald! Morba und ich glotzen dumm in der Gegend rum, paffen unsere Pfeifen und die Einzige, die was Nützliches macht, ist meine liebe Luise! Es ist, als wärst du dabei gewesen!“
Er lief zu Morba und zeigte ihm das Bild: „Gut, oder?“, fragte er ihn. Morba zog grinsend den Mundwinkel hoch und kommentierte: „Bis aufs Myh, das sind wir, alter Joel!“ Das Bild, welches wirklich sehr gelungen war sorgte für allgemeine Erheiterung und auch Joels Aussage war keineswegs ironisch gemeint. Alle lobten Ewald für

seine hervorragenden Zeichenkünste. In den folgenden Jahrzehnten wurde dieses Motiv noch häufig bemüht. Natürlich wurde auch dieser neue Kulturbeitrag des Landrats mit einer Runde Bärwurz begossen.

Winterunterhaltung auf der Schmücke

Ludwig Bechstein; er war schon etwas angeheitert; musste eiligst das Trinken seines Schnapses unterbinden, denn er hatte einen Geistesblitz. „Jette, Röse, bringt mir Feder und Papier!“, rief er hektisch. Morba schaute ihn amüsiert an und meinte nur sarkastisch in die Runde: „Oh, der Herr Literat hat einen Einfall! Nicht stören jetzt!“

Alle lachten. „Wartet nur ab, das wird klasse!“, sprach Bechstein und griffelte nach der Feder. Mit der Zungenspitze im Mundwinkel kritzelte er langsam und bedächtig einige Zeilen aufs Papier. Er war so in seine Verse vertieft, dass er gar nicht mitbekam, dass der Rest der Runde ihm gar nicht so recht zutrauen wollte, zu solch vorgerückter Stunde noch Geistreiches zu Papier zu bringen – sie sollten sich täuschen.
Bechstein setzte den letzten Strich und überreichte Joel feierlich das Papier, welches dieser gespannt alleine las. Gespannte Blicke weilten auf Joel, denn jeder erwartete sehnsüchtig die Reaktion des Alten. Joel las und seine ironisch-sarkastische Unterhaltermine wich plötzlich einem weichen, fast kindlichen Gesichtszug voller Zuneigung und Freude. Den Mund zum Lächeln geformt, atmete er tief ein und plötzlich – ganz plötzlich, rollte ein kleines Tränchen über seine Wange. Mit einem leisen *Ohhhhh* wurde dies von den Frauen kommentiert. „Na lies schon vor, du alter Haudegen!“, rief der Baron. Joel wischte sich das Tränchen weg und kam der Aufforderung liebend gern nach. Er stand auf und las mit bedächtiger Stimme, langsam und gefühlvoll die Zeilen, welche Bechstein zu Papier gebracht hatte:

„Der Alte von der Schmücke

Wie ein Bacchus stand im Schlafrockkleide,
Fröhlich er vor seines Hauses Thür;
Graue Locken waren sein Geschmeide,
Und er selbst der Schmücke Schmuck und Zier.
Heiterkeit umfloß wie Sonnenschimmer,
Seine vollen Wangen, seinen Blick;
Nimmer wich der Witz von ihm und nimmer,
Vor dem alten dicken Freund zurück.

Ludwig Bechstein“

Joel ließ den Zettel sinken und schaute in die Runde. Nun hatten auch die Frauen Tränen in den Augen. Mit einem knappen: „Vielen Dank, teurer Freund!“ bedankte er sich bei Ludwig Bechstein. Jener kannte Joel gut genug, um zu wissen, dass der wortkargste Dank beim Schmückewirt stets der ehrlichste war. Mit einem wohlwollenden Kopfnicken erwiderte er Joels Dank.
Es folgte, wie so oft, ein rauschendes Fest mit viel Schnaps, Wein und Gesang. Jeder tanzte mit jedem, Johann holte sein gesamtes Repertoire an der Zither hervor und die drei jungen Burschen machten Jette und Röse schöne Augen, zur allgemeinen Erheiterung der älteren Gäste. Es wurde Mitternacht und es wurde Geisterstunde, doch

Liedgut und Gesprächsstoff gingen nicht aus. Der alte Schmückewirt war selig. Er ließ alle Saiten seines volksechten Humors erklingen und unterhielt seine Gäste mit all seinen charakterlichen Facetten.
Erst an einem solchen Abend, offenbarte sich der alte Joel in voller Blüte. Sein tiefer Mutterwitz und sein erfrischender Waldhumor traten noch einmal potenziert zu Tage. Er, der er die Menschen erzog, die Neugierigen anführte, die Hochmütigen demütigte, die Unverschämten abkanzelte, den Großschnäuzigen heimleuchtete, die Armen kostenlos bewirtete und mit den Zechern zechte, er war die Inkarnation des Thüringer Wäldlergemüts, welches nicht immer mit schönen, gebügelten und geputzten Worten durch die Welt schritt. Joel hatte den Zenit seines Schaffens erreicht und die Gesellschaft, welche er an diesem Abend genoss, war vermutlich die beste und menschlich hochkarätigste, die er jemals in seinem Leben genießen durfte. Sein Herz wusste das und so begann Johann Friedrich Joel noch an diesem Abend wie ein Schlosshund zu weinen, weil er sein Glück schlichtweg nicht fassen konnte. Erst als die letzten Krüge geleert, die letzte Pfeife verglommen war und das letzte Stimmband krächzte, ging man am frühen Morgen zu Bett. Die todesmutigen Goldlauterer entschwanden sogar noch während

der Nacht ins eisige Schneegetümmel und machten sich auf den Heimweg. Keiner der Anwesenden konnte ahnen, welch schicksalhafte Zeit der Schmücke und seiner Bewohner bevorstand.

Lina

Auch dieser Winter ging vorüber und das Frühjahr nahte abermals. Die Gästezahl stieg weiter und die Geschäfte liefen glänzend. Alles in allem hatte die Schmücke ihre volle Strahlkraft entfaltet und alles Weitere war nur noch ein Zusatz. Im Sommer 1852 merkte zunächst niemand, wie es um den alten Schmückewirt bestellt war - niemand außer Luise.

Sie, die stets ein feines Gespür für ihren Mann hatte, bemerkte jenen seltsamen Schleier, welcher sich über das Gemüt Joels legte, wie es einst schon in der Gastwirtschaft in Zella war. Dieses Mal jedoch schien es noch etwas schlimmer zu sein. Zuerst nahm Joels Appetit spürbar ab und seine Stimmungsschwankungen zu. Sein Humor ließ nach und es war, als ob ein großer Mühlstein sein Herz beschwerte. Auch Morba brauchte nicht lange, um diesen Umstand zu erkennen. Jedem der engen Vertrauten Joels war jedoch bewusst, dass man bei ihm selbst diese Sache nicht ansprechen brauchte und so schwiegen sie sich aus. Ohne dass es laut gesagt wurde, war allen klar, dass es Joel sehr schlecht ging, nur der Grund offenbarte sich niemandem.

Eines Tages jedoch vermochte es Morba noch einmal, seinen alten Freund zu beglücken. Auf einer Dienstreise nach Ohrdruf hatte er ein junges Mädchen kennengelernt und er war schockverliebt. Aufgewühlt und verunsichert von seinen Gefühlen kehrte Morba auf die Schmücke zurück. Er offenbarte sich zunächst Luise, konnte jedoch das Geheimnis nicht lange vor seinem Freund geheim halten und so sprach er sich verlegen vor allen aus.

Jette und Röse waren gerührt und kicherten mädchenhaft, als der, nun auch schon *alte* Morba die Karten auf den Tisch legte. Ihr Name war Lina Dressel und sie war Magd in Ohrdruf. Morba war unsterblich verliebt und beschrieb die Gründe in allen Facetten. Er beteuerte, dass auch sie so für ihn empfinde. Jeder einzelne freute sich für ihn, denn der ewige Junggeselle hatte nichts mehr verdient als eine, ihn liebende Frau. Keiner verstand jedoch, warum er so herumdruckste. So wie er sie beschrieben hatte, konnte es am Aussehen nicht liegen und die gesellschaftliche Stellung war ihnen sowieso egal. Luise ergriff das Wort: „Nun sag schon Morba, woran liegt´s, dass du hier so rumeierst? Ist ihr Vater ein Verbrecher oder hat sie ein uneheliches Kind? Irgendwas muss doch sein?“ Morba versuchte sich um die Antwort zu drücken, wusste jedoch das jedweder Widerstand zwecklos war. Jette und Röse gackerten im Chor: „Nun sag schon!“

Morba stopfte sich verlegen seine Pfeife und begann mit der Erklärung: „Nun ja... Es ist... Weil... Sie ist...“ Joel, der sichtlich amüsiert war, seinen sonst so kontrollierten und erfahrenen Freund so unsicher und aufgewühlt zu erleben, schlug mit der Faust auf den Tisch: „Raus damit, du alter Forstkommissar!“ Morba steckte sich die Pfeife an, zog und entgegnete lautstark und vorwurfsvoll: „Sie ist erst achtzehn! Und ich werde nächstes Jahr vierzig!“

Lautes Stöhnen und Raunen ging durch den Raum. Luise verdrehte die Augen, Jette und Röse kicherten und Johann lachte leise. Joel maulte Morba an: „Meine Güte, du alter Querkopf! Wenn dich hier so mit Hummeln im Hintern sehe, seitdem du wieder angekommen bist und auch nur die Hälfte von dem stimmt, was du erzählt hast: Hol sie her und heirate sie!“ Joel selbst war nie ein Mann der großen Worte, wenn es um Liebe ging und offen gestanden war es der Grund, warum er Luise so liebte, denn sie ertrug dies mit stoischer

Ruhe. Wenn jedoch ein Freund wie Morba vor ihm saß und so offensichtlich verschossen war, tat er alles, um ihm bei seinem Glück zu helfen. Morba war erleichtert von den Reaktionen und sein ängstlicher Blick wich einem verliebten Grinsen.

Wenige Tage später brachte Morba Lina mit auf die Schmücke und alle waren ebenso von dem jungen Mädchen begeistert, wie der alte Forstmann. Dieser war nun jedoch plötzlich gar nicht mehr so alt, denn er wirkte gleich zwanzig Jahre jünger. Die junge Dame war hübsch, hilfsbereit und freundlich. Ihr langes schwarzes Haar bedeckte die schmalen Schultern. Ihre Züge waren zart und ihr Blick warmherzig und aufgeschlossen. Man merkte, dass ihr noch einiges an Lebenserfahrung fehlte, sie war jedoch für ihr zartes Alter sehr reif und gänzlich ohne Kindsköpfigkeit und Naivität. Das gefiel dem alten Joel und fortan waren sie zu siebt.

Bayard Taylor

Ende September 1852

Joels Freude konnte jedoch nicht lang anhalten. Jeder wusste, dass es nicht daran lag, dass er nicht wollte, sondern dass er vielmehr nicht konnte. Eines Morgens begann Joel lautstark zu Husten. Immer schlimmer wurden seine Hustenanfälle und nichts vermochte diese zu lindern. Es war der Krebs, der an ihm nagte. Am Nachmittag eines warmen Tages im Spätseptember kamen Reisende auf die Schmücke. Joel war wie immer bemüht, diese freundlich zu begrüßen, was ihm jedoch nicht mehr so reibungslos gelang wie früher. Auch Fremde merkten ihm seine Krankheit inzwischen an.

Bei den beiden Reisenden handelte es sich um den Gutsbesitzer August Bufleb aus Gotha, den Joel flüchtig, aber nicht persönlich kannte, und seinen amerikanischen Freund. Die beiden wurden höflich hereingebeten und bezogen Quartier. Da nicht viel los war auf der Schmücke, nahm Joel sich Zeit für die beiden und sie kamen ins Gespräch. Der Herr aus Gotha berichtete von einer Ägyptenreise im vergangenen Jahr und dass er dort auf einer Nilschifffahrt diesen eloquenten

Gentleman zu seiner Rechten kennengelernt hätte. Der Herr war US-Amerikaner und Reiseschriftsteller und stellte sich vor als Bayard Taylor. Man plauderte über dies und das und Joel zeigte sich sehr interessiert an den Reisen Taylors. Dieser war des Deutschen einigermaßen mächtig, wenngleich auch mit diesem fürchterlichen amerikanischen Akzent, wie Joel fand. Stockte das Gespräch, half Bufleb mit seinem hervorragenden Englisch aus und Übersetzte.
Taylor berichtete, er und sein *friend* hätten sich auf besagter Nilfahrt kennen und schätzen gelernt und so habe er beschlossen, zwischen seiner Afrikareise und der kommenden nach Japan und China, den neuen Freund in seiner *thuringian* Heimat zu besuchen. Vor drei Tagen waren sie aufgebrochen und hatten zunächst die Wartburg auf den Spuren Luthers besichtigt. Im Anschluss verweilten sie in Liebenstein. Am Vorabend hatten sie im kleinen Dorf Ruhla Rast machen wollen und waren zufällig in eine Hochzeitsgesellschaft geraten, welche sie sofort mit einbezog. Taylor berichtete erheitert, er habe immer noch ein kleines *headache* von dem *german beer and schnaps*! Der Gothaer kommentierte lachend, mit Verweis auf die heutige Unterkunft, dass das mit der Gastlichkeit in diesem Wirtshaus hier noch etwas „schlimmer“ sei. Das verstand Taylor nicht ganz und hakte

nach. Sein Begleiter klärte ihn auf, bei wem genau sie heute eingekehrt waren, nämlich *Father Joel, a German idol!* Dem Amerikaner wurde klar, dass sein rundliches Gegenüber mit dem Hauskäppchen und den grauen Locken jener war, von dem er nicht nur von seinem Freund schon so viel gehört hatte, sondern auch gestern in Ruhla ständig die Leute sprachen.

„Oh, so du bist *Father Joel*?", fragte er selbigen und streckte ihm die Hand entgegen. Joel erhob sich leicht von seinem Stuhl und erwiderte den Handschlag: „Jess!" Taylor war begeistert. „Ich habe sooo viel von dir gehört! Es scheint, als ob ganz *Germany* von dir spricht!" Joel schob sein Hauskäppchen zurecht. Man plauderte weiter und tauschte Geschichten aus. Taylor und Bufleb berichteten von ihren Afrikareisen und Joel im Gegenzug von Russland und Ungarn. Joel blühte noch einmal auf, war er doch geistig kurzzeitig wieder bei den Abenteuern seiner Jugend.

Taylor führte jedoch plötzlich aus, dass vor allem der heutige und gestrige Tag ihn beeindruckt hätten: „So, ich war schon in viele *countries* aber so schön wie bei euch war es fast nirgendwo. Ich habe gesehen, heute Morgen, die blaue Berge bei die Inselsberg und nicht weit von hier die weite, schwarze Täler bei die Schneekopf. Mein *friend* sagte mir, es gäbe da einige *words* in eurer

Sprache, die es in *English* gar nicht gibt: Waldlust und Waldeinsamkeit. Diese finde ich *beautiful* und ich werde sie in mein *book* aufnehmen, welches ich schreiben werde, über meine Reisen."

August Bufleb führte dann nach einiger Zeit noch etwas verlegen an, dass er ja auch aus einem kleineren geschäftlichen Grunde auf der Schmücke sei, und übergab dem Schmückewirt eine amtliche Notiz aus Gotha, dass der Hof beabsichtigte, am kommenden Tag bei ihm zu gastieren.

Spaßig erklärte er sich, sie hätten mit der Botschaft lieber gewartet, bis sie Speis und Trank erhalten hätten, aus Sorge Joels Gastfreundschaft mit solchen geschäftlichen Dingen zu verspielen. Joel zuckte nur gelassen mit den Schultern, schob die Notiz in seine Westentasche und entgegnete nur knapp: „Die kriegen wir schon satt! Kleinigkeit."

Mit Blick auf Taylor sprach Joel: „Wenn ich aber schon solch hohen ausländischen Besuch hier habe, so tragt Euch doch in mein Gästebuch ein!"

Taylor war begeistert und willigte ein. Joel holte das Gästebuch und der Amerikaner studierte zunächst wissbegierig jene Texte von denen, die sich vor ihm eingetragen hatten. Während er las, sprach Bufleb den alten Schmückewirt an: „Ihr wirkt traurig, Meister Joel. Habt ihr keinen eurer berühmten Witze mehr zum Besten zu geben?"

Joel zuckte abermals mit den Schultern und

antwortete ernst: „Dasselbe hat der Herzog zu mir gesagt; ich solle doch mal einen Witz erzählen!"
„Was habt Ihr geantwortet?"
„Ich habe ihm gesagt, dass ich das nur sehr ungern täte, aus Angst, den Ernestinischen Hausorden dafür zu bekommen. Zwei Dingen kann man im Herzogtum Sachsen-Coburg-Gotha nicht entkommen: dem Tod und der Verleihung des Kreuzes des Ernestinischen Hausordens."
Der Gothaer stutzte kurz, da Joel den Witz so trocken erzählt hatte, dass er es zunächst überhaupt nicht mitbekam. Plötzlich prustete er los und brach in schallendes Gelächter aus. Taylor schaute fragend, hatte er doch mit der inhaltlichen Übersetzung nicht ganz folgen können. Sein Mitreisender erklärte ihm den Witz, dass nämlich der Herzog jenen Orden quasi an jeden verleihe und die Verleihung folglich den Geruch einer wohlfeilen, also billigen Ehre erhalten habe. Taylor verstand den Inhalt schließlich, lachte ebenso laut und notierte dieses Sprichwort sogleich in sein Reisetagebuch. Joel bekam plötzlich einen seiner starken Hustenanfälle und die beiden Gäste schauten sich besorgt an. Joel wiegelte gastfreundlich ab, es sei alles in Ordnung und man müsse sich keine Sorgen um ihn machen. Nach einigen Minuten ging es zwar wieder, doch auch diesen beiden Gästen war klar, dass der alte Joel krank und gebrochen

war. Ändern konnten sie daran jedoch nichts. Man aß zu Abend, es gab Rehkeule, und ging zu Bett. Am kommenden Morgen verabschiedeten sich die beiden freundlich und reisten weiter nach Ilmenau.

Der Hirsch

Etwa eine Woche nach dem Besuch von Taylor und Bufleb brach Joel zu einer Landwirtschaftsausstellung nach Gotha auf, gegen den Willen seiner Frau. Auch Morba war die Sache nicht geheuer, aber Joel reiste trotzdem. Als er mit seiner Kutsche den Wald erreicht hatte und verschwunden war, holte Morba Luft und wollte etwas zu Luise sagen. Diese unterbrach ihn sogleich und sprach: „Lass ihn…“ Sie gingen hinein.
Der alte Schmückewirt erreichte Gotha und suchte die Ausstellung auf. Später berichteten Bekannte, welche ihn dort getroffen hatten, dass sie ihn beinahe nicht erkannt hätten. Er wirkte abwesend und krank und ständig hatte er seine scheußlichen Hustenanfälle, sodass er zeitweise kaum noch stehen konnte. Trotz allem kämpfte er sich über den ersten Tag der Ausstellung und war

noch halbwegs bei Sinnen und ansprechbar. Am zweiten Tag lies dies schon nach und am dritten war es gänzlich vorbei. Auch Landrat Ewald hatte ihn an diesem Tag getroffen und war entsetzt von der Verfassung seines Freundes. Er wollte noch ein Gespräch mit ihm anfangen, doch Joel wirkte bereits sehr abwesend und hatte sichtlich mit sich selbst zu kämpfen. Aus dem Nichts heraus, machte er plötzlich kehrt und stürmte aus dem Objekt. Ewald setzte ihm nach, um nach ihm zu sehen, doch noch bevor er die Tür nach draußen erreicht hatte, hatte Joel sich schon auf den Kutschbock geschwungen und fuhr eilig, mit großer Staubwolke davon. Die Fahrtrichtung war klar: Schmücke.

Ewald machte sich außerordentlich große Sorgen um seinen Freund und beschloss am nächsten Tag zum Heyland nach Elgersburg zu fahren, um gemeinsam mit diesem die Schmücke aufzusuchen und nach Joel zu sehen. Dieser hatte inzwischen die Schmücke erreicht, wo sogleich Johann und Morba auf ihn zustürmten. Halbtot und mehr röchelnd als hustend hing der arme Joel auf dem Kutschbock und war kaum des Sprechens mächtig. Nun wusste auch der Letzte, was die Stunde geschlagen hatte – mit dem Alten ging es zu Ende. Sie hievten ihn hinunter und brachten ihn ins Haus und in sein Bett. Luise, welche sehr besorgt, aber um Fassung bemüht war, kochte eine kräftigende Suppe. Joel schlief zumindest für diese Nacht ein.

Am nächsten Tag kamen Ewald und Heyland geeilt und auch Gundlachs aus Gehlberg, welche Johann informiert hatte. Noch in Gotha hatte Ewald eine Depesche an Ludwig Bechstein gesendet, sodass auch dieser zeitnah informiert wurde, dass mit Joel etwas nicht stimmte. Am nächsten Morgen erwachte Joel schwer krank. Es war ein düsterer und kalter Tag mit dicken schwarzgrauen Quellwolken. Joel war erfreut über die Anwesenheit seiner Freunde und lächelte kraftlos. Niemand traute sich etwas zu sagen und auch Joel konnte nicht wirklich sprechen. Keiner wich ihm von der Seite. Das furchtbar monotone Ticken der Standuhr im Flur war das einzige Geräusch im Raum. Jette machte Kaffee und Röse buk einen Kuchen.

Am Nachmittag schien die Sonne ins Zimmer des alten Joel und er tankte noch ein letztes Mal Kraft. Alle nahmen eine Tasse Kaffee und zwangen sich ein Stück Kuchen hinein. Wirklich gewollt hat das keiner und es hatte auch niemand Appetit. Aber irgendwie wollten sie versuchen, dieser furchtbar surrealen Situation einen Hauch von Normalität zu geben. Joel war bereits zu kraftlos, um mitzumachen. Mit trüben Augen schaute er in die

Runde und verkündete mit brüchiger Stimme: „Was schaut ihr denn so düster? Ich habe es euch doch immer gesagt, dass man bei uns zwei Dingen nicht entkommen kann: dem Tod und dem Kreuz des Ernestinischen Hausordens! Nun ja, das Kreuz hab´ich nun schon bald dreißig Jahre!" Er lachte kraftlos und schloss die Augen – für immer.

Johann Friedrich Joel starb am 15. Oktober 1852 auf der Schmücke im Kreise seiner engsten Freunde. Bodenlose Trauer brach aus und die Schmücke war für die nächsten Tage ein einziges Jammertal. Die Kunde vom Tode Joels verbreitete sich wie ein Lauffeuer, doch besaßen alle so viel Anstand, in diesen schweren Tagen Abstand zu wahren und die Witwe und den engsten Kreis angemessen trauern zu lassen. Einen Tag nach Joels Tod traf Ludwig Bechstein ein, spürbar in Trauer, dass ihn die Kunde von Joels Krankheit nicht rechtzeitig erreicht hatte.

Der einzige Außenstehende, welcher zur Schmücke kam, war der Pfarrer von Oberhof. Er wusch den Toten. Am Morgen des 18. Oktober setzte sich ein kleiner Trauermarsch über den mystischen Rennsteig in Richtung Oberhof in Bewegung. Die Schmücke und der Rennsteig zeigten sich der Situation angemessen nebelverhangen, grau und düster. Der Leichnam Joels wurde auf einem

Pferdekarren gebart und mit weißen Leinentüchern bedeckt. Johann lenkte das Gespann mit zwei der herzoglichen Rassepferde. Hinter ihm folgte Luise mit dem Pfarrer und dann Morba und die anderen. Die Frauen trugen schwarze Kleider und Schleier und auch die Männer trugen schwarz, sofern möglich. Mit langsamen und bedächtigen Schritten setzte sich der kleine Tross in Richtung Oberhof in Bewegung. Keiner sprach ein Wort, nur das Klappern der Räder und der Hufe war zu hören. Der Wind frischte auf und die Tannenwipfel pfiffen ein mystisches Lied. Der Herbstwind blies über den Leichnam und klagte in den Zweigen. Es war als wolle auch der Wald sich vom alten Joel verabschieden.
An der Suhler Ausspanne kamen sie an einer Gruppe Holzhauer vorüber, die beim Anblick des Trosses sogleich ihre Werkzeuge niederlegten, die Kappen abnahmen und ihre Häupter senkten. Nach einigen Kilometern erreichten sie das Monument, welches an den Chausseebau erinnerte und bogen rechts in Richtung Oberhof ab. Nach einer guten halben Stunde hatten sie Oberhof und den Gottesacker erreicht. Das Grab war bereits ausgehoben und mit einem spärlichen Strauß Blumen drapiert, mehr gab der Rennsteig um diese Jahreszeit nicht mehr her. Die mit schwarzen Brettern beschlagene Kirche erzeugte einen Hauch

von spartanischer Sakralität und Würde. Die Männer nahmen den Leichnam vom Wagen und betteten ihn in den bereitgestellten Sarg.
Mit verschränkten Armen lag der dicke alte Schmückewirt friedlich und ruhig in seinem Totenbett. In den Händen hielt er sein grünes Hauskäppchen und seine lange Tabakspfeife. Es war als wollten ihm seine Freunde alles Nötige mit auf den Weg geben, dass er der Wirt im Himmel – und so aus dem *Schmückewirt* der *Himmelswirt* werden könnte.
Der Sarg wurde geschlossen und der Pfarrer hielt eine kurze Predigt. Mit den Worten des Pfarrers *Asche zu Asche, Staub zu Staub,* wurde der Sarg in das tiefe kalte Erdloch hinabgesenkt. Jeder der Anwesenden verabschiedete sich mit einem leisen Gebet und warf eine Schaufel Erde in das Grab. Als die beiden Totengräber das Grab zugeschaufelt und geebnet hatten, trat Ludwig Bechstein mit einem Zettel ans Grab und trug ein Gedicht vor:

„Der Alte von der Schmücke

Wie ein Bacchus stand im Schlafrockkleide,
Fröhlich er vor seines Hauses Thür;
Graue Locken waren sein Geschmeide,
Und er selbst der Schmücke Schmuck und Zier.

Heiterkeit umfloß wie Sonnenschimmer,
Seine vollen Wangen, seinen Blick;
Nimmer wich der Witz von ihm und nimmer,
Vor dem alten dicken Freund zurück.

Trauernd steht nun ob des Mißgeschickes,
Einsam dort der Schmücke hohes Haus,
Und die Waldnatur reicht nassen Blickes,
Ihm noch ihren letzten Blumenstrauß.
Ach, kein Wirth war je den Freunden werther,
Als Du, alter dicker Joel es bist."

Es war das Gedicht, welches er an jenem unvergesslichen Winterabend zu Papier gebracht hatte und ward nun erweitert um die Abschiedsstrophe anlässlich Joels Beerdigung. Trotz großer Trauer und vieler Tränen, konnte sich keiner von Joels Freunden ein Lächeln verkneifen, zu schön und positiv war die Erinnerung an ihren alten Freund. Was keiner der Anwesenden mitbekam war, dass am Waldrand, unweit der Kirche hinter der nebelverhangenen Wiese ein Rothirsch stand und das Treiben betrachtete. Als Bechstein seine Worte beendet hatte, ging der Hirsch ab und verschwand im Wald.

Epilog

Der plötzliche Tod Joels traf alle die ihn kannten wie ein Schlag. Ein schlichtes eisernes Kreuz zierte den Grabhügel in Oberhof. Es trug eine kleine ovale Porzellantafel mit der Aufschrift:

Hier ruht
Joh. Friedr. Joel
Geboren 1792
Gestorben 1852

Nichts war mehr, wie es war. Tausende pilgerten in den Folgejahren zum Grabe Joels. Sie wollten noch einmal einen Hauch der alten Geschichten spüren. Luise führte das Gasthaus, wie selbstverständlich weiter. Auch Johann, Jette und Röse blieben fester Bestandteil der Schmücke. Forstmeister Morba heiratete schließlich Lina Dressel und bekam mit ihr zwei Kinder, für welche Luise, selbst kinderlos, eine Art Großmutterersatz wurde. Luise wurde später blind und wurde von Familie Pellnitz in Erfurt gepflegt, bis zu ihrem Tode in den siebziger Jahren. Nach ihrem Tode bot der Herzog Herrn Pellnitz die Schmücke an, was dieser jedoch ablehnen musste, da er zwei

gutgehende Geschäfte am Fischmarkt in Erfurt führte.
Die Nachfolger Joels hießen Hannibal Schneider, Albert Rechenbach und Albrecht Wieprecht. Alle drei haben den guten Ruf der Schmücke gewahrt. Karl Morba zog aufgrund des Schulbesuchs der Kinder schweren Herzens nach Ohrdruf und verließ die Schmücke – auch zum Gram des Herzogs. Er starb dort am 10. Januar 1873. Nur kurze Zeit später, am 16. Oktober 1875 folgte ihm bereits seine geliebte Gattin Lina.
Ludwig Bechstein wurde ebenfalls bereits im Jahr 1860, mit nur neunundfünfzig Jahren aus dem Leben gerissen und konnte sein Lebenswerk nicht mehr vollenden. Der Reiseschriftsteller Bayard Taylor veröffentlichte 1859 und 1862 in zwei Bänden seine Reiseberichte unter dem Titel „At Home and Abroad“, in welchen er ausgiebig seine Deutschlandreisen beschreibt und den Besuch bei *father Joel* in der *german Waldeinsamkeit*. Er heiratete 1857 die Tochter des gothaer Astronomen Peter Andreas Hansen, mit welcher er die Welt bereiste und welche seine Texte ins Deutsche übersetzte. Er wurde 1878 zum Gesandten der Vereinigten Staaten in Berlin ernannt, wo er jedoch kurz darauf starb.
Julius von Plänckner war zum Oberst ernannt worden und führte seit 1842 das herzogliche

Infanterieregiment. 1848 wurde das Regiment mobilgemacht und zog unter Plänckners Führung nach Erfurt auf den Anger. Kurz nach der Ankunft erlitt Plänckner einen Schlaganfall, was ihn zum Pflegefall werden ließ. Nach zehnjährigem Siechtum starb er 1858 in Gotha. Bei seiner Beerdigung gab ihm Herzog Ernst II. persönlich das Ehrengeleit. Für seine Verdienste um den Rennsteig und den Straßenbau von Zella nach Ohrdruf ist er bis heute bekannt.

Herzog Ernst II. profilierte sich in der Opposition zur Politik Otto von Bismarcks, nahm jedoch dennoch an der Seite Preußens am Deutsch-Deutschen-Krieg teil. Für die hohen Verluste der gothaischen Infanterie bei der Schlacht von Langensalza, wurde er mit 8.800 Hektar Wald zwischen Schmalkalden und Oberschönau entschädigt. Auf dem berühmten Gemälde anlässlich der Proklamation von Kaiser Wilhelm im Spiegelsaal von Versailles ist er ganz prominent in weißer Paradeuniform auf dem Podest hinter dem Kaiser zu sehen.

Sein Bruder Albert spielte eine herausragende Rolle in der britischen Politik und war bis zu seinem Tode 1861 äußerst beliebt und für viele der heimliche König von Großbritannien. Er organisierte die erste Weltausstellung in London und förderte Kunst, Wissenschaft und Architektur.

Nicht wenige Ideen und Neuerungen stammten direkt von ihm.

So wenig die verschiedenen Protagonisten oft gemein hatten und so unterschiedlichen Standes sie auch waren, beim alten Joel waren sie alle. Er verband die Menschen auf unnachahmliche Weise miteinander und so war es nicht verwunderlich, dass der Schmückemythos und speziell der Mythos von ihrem Wirt noch viele Jahre anhielt und bis in die moderne Zeit nachhallt. Den Mitmenschen Freude stiften, sie zum Nachdenken bringen, sie unterhalten und versorgen, dies sind Tugenden, wie der alte Joel sie vermocht hat und welche im folgenden Jahrhundert nicht weniger wichtig geworden sind.

Persönliche Anmerkungen zum Schluss

Dieser Roman beschäftigt sich mit der Biografie des legendären Schmückewirts Johann Friedrich Joel. Der verwendete Stoff beruht auf Überlieferungen, Anekdoten und Fakten aus dem Leben Joels. Lediglich einige wenige Teile der Erzählung entstammen in Gänze der Fantasie des Autors. Das Werk soll einen Beitrag leisten, dass das Leben und Wirken des alten Joel wieder aufgefrischt und einem möglichst breiten Publikum zugänglich gemacht wird. Weiterhin soll das Werk die, teilweise hochspannenden Verstrickungen historischer Persönlichkeiten mit der Schmücke und ihrem Wirt aufzeigen. Auch die Entstehung und Entwicklung des Herzogtums Sachsen-Coburg-Gotha ist bei einer historischen Betrachtung der Region um Oberhof und der Schmücke nicht zu unterschätzen. Vom Kleinen ins Große griffen hier Charaktere und Prozesse ineinander und erschufen so jenes Erscheinungsbild, wie es den Rennsteig noch bis heute prägt.

Christoph Bader im Juni 2021

Bildnachweis

Seite 57, Ernst I.:

https://www.rennsteig-rueger.de/index.php/wissenswertes-zum-renn-steig?start=8

Seite 92, Julius von Plänckner:

https://www.rennsteig-rueger.de/index.php/wissenswertes-zum-renn-steig?start=8

Seite 166, Prinz Albert:

https://www.google.de/search?q=prinz+albert+von+sachsen-coburg+und+gotha&tbm=isch&ved=2ahUKEwjFwfDB7-bwA-hUegaQKHXxxDqEQ2-cCegQIABAA&oq=Prinz+al-bert+von+Sa&gs_lcp=CgNpbWcQARgAMgIIADICCAAyAggAMgQI-ABAYMgQIABAYMgQIABAYMgQIABAYO-gUIABCxAzoICAAQsQMQgwFQtOcKWNymC2CbrQtoAHAAeACAAacBiAH1D5IBBDcuMTKYAQCgAQGqAQtnd3Mtd2l6LWltZ8ABAQ&scli-ent=img&ei=__6tYIXGNp6CkgX84rmICg&bih=631&biw=1366#imgrc

Seite 167, Ernst II.:

https://commons.wikimedia.org/wiki/File:Ernst_II.,_Herzog_von_Sach-sen-Coburg_und_Gotha,_gemalt_von_Fre-derick_Richard_Say,_1848.jpgrc=PsR6YQLbSPUPiM&imgdii=Cu-w3GW0sGFu5M

Seite 184, Johann Friedrich Joel:

https://de.wikipedia.org/wiki/Johann_Friedrich_Joel

Seite 215, Ludwig Bechstein:

http://www.literaturland-thueringen.de/personen/ludwig-bechstein/

Seite 241, Winterunterhaltungl auf der Schmücke:

Bildarchiv Lerch, Oberhof

Druck:
Customized Business Services GmbH
im Auftrag der
KNV Zeitfracht GmbH
Ein Unternehmen der Zeitfracht - Gruppe
Ferdinand-Jühlke-Str. 7
99095 Erfurt